ベリーズ文庫

恋の餌食
俺様社長に捕獲されました

紅カオル

JN177952

STARTS
スターツ出版株式会社

目次

恋の餌食　俺様社長に捕獲されました

恋の餌食　俺様社長に捕獲されました

いきなり婚約者宣言⁉

気がつけば、佐久間梓は豪華客船のキャビンにいた。

それもスイートルームと思われる広い部屋。

豪華な調度品が並び、ここが船内だということを忘れそうになる。

ここへ来るほんの数分前、理解できない事態が梓の身に起きていた。

不意打ちのキス——細い腰に巻かれた逞しい腕。頬に添えられた大きな手。やわらかな唇。

事の始まりは、数十分前にさかのぼる——。

＊　＊　＊

横浜に寄港した大型客船では、空間デザイン会社『クレアストフォーム』の創立八周年の記念パーティーが開催されていた。

全長三百メートル、全幅四十メートル。白亜の客船はたびたびテレビでも報じられ、その豪華絢爛さは見る者の心をつかんで離さない。テレビで見るよりもゴージャスな船内は、パーティーの招待客たちを一様に満足させているようだった。

金色に光り輝く螺旋階段を下りたところに、会場となるパシフィックダイニングがある。天井のいたるところからつるされたボールクリスタルのシャンデリアが船内を上品な光で満たし、そこにいるだけで気分が高揚してくるような場所だ。

食事はブッフェスタイルで、ダイニングのサイドには豪華な料理がふんだんに用意されている。飲み物はダイニング内を機械仕掛けのように規律正しく歩くドリンクスタッフから、好きなものをチョイスできる形式だ。

出席者は、クレアストフォームの上層部と取引先がメイン。デザイン企画部に所属している梓は、総務部から依頼されて手伝いに駆り出されていた。

大学を卒業と同時に入社した梓は、現在二十七歳。この四月で勤続丸五年を迎えたばかりである。

「梓さん、梓さん、キャビアとフォアグラがあるんです！　ステーキなんて肉汁がじゅわーって！」

ダイニングの隅で会場の様子を見守っていた梓に弾んだ声をかけたのは、高杉絵梨、ふたつ年下の後輩である。同じくデザイン企画部の一員だ。

クリッとした目に小さい小鼻。ぷっくりとした唇と頬は艶やかなピンク色で、かわいらしい顔立ちをしている。パーマをかけたわけでもないのに緩やかなウエーブを描いた栗色の髪は、絵梨によるともともと癖毛で手を焼いているらしい。百五十センチと小柄な身長はかわいらしさに拍車をかけ、可憐そのもの。

そんな絵梨は、梓の憧れでもある。

というのも、梓は絵梨とはことごとく正反対の容姿をしていた。

くっきりとした二重まぶたは少しつり目気味のためキツイ印象を与えがちで、薄い唇も、またしかり。そのうえパーマにも打ち勝つほどサラサラでコシのある黒髪ロングのストレートが、さらにシャープさを際立たせている。そこへきて身長が百七十センチ近くとなれば、かわいらしい絵梨に憧れるのも無理はないだろう。

梓は興奮気味に話す絵梨の唇に、そっと人さし指を立てた。

「絵梨ちゃん、お客様に聞こえちゃうから」

黒子として会場にいる梓たちは、料理に手を出すわけにはいかない。招待客が不自由さを感じないように、ただひたすら細心の注意を払うのが仕事だ。

「はぁい。あーあ、おなか空いちゃったな」

拗ねたようにおなかに手をあてる絵梨に、梓はスーツのポケットからあるものを差し出した。

「これでも食べて凌いでね」

「えー？　酢昆布ですか？」

絵梨が唇を尖らせる。どうやら彼女には不満らしい。

でも梓には、その気持ちがちっともわからない。甘酸っぱくて少ししょっぱい酢昆布のおいしさがわからないとは。

（一枚一枚についた白い粉がなんともいえずおいしいのに）

残念に思いながら、酢昆布を再びポケットにしまい込んだ。

「もうっ、梓さん、好みが渋すぎます。いつも思うんですけど、せっかく美人なのに食べ物の好みに女子のキラキラした感じがないっていうか。こういうときにポケットから出すなら、ひと粒チョコとか、かわいい包み紙のアメとかですよっ」

「……そうなの？」

チョコもアメも好きだが、酢昆布にはかなわないと思いつつ聞き返す。

「そうですよ。でもまぁ、おなか空いちゃったし、この際ひとつください」

かわいらしく小首をかしげて言われ、梓はもう一度それを取り出して「はい、どうぞ」と絵梨に手渡した。

自分に足りないのが女子力だと頭ではわかっているが、それを体得するのは梓にとって至難の業だ。絵梨のように首をかしげて微笑んでも、ロボットのようなぎこちなさ。油でも差しましょうか？と心配されそうな動きになる。一向にかわいくならないのだから。

「キャビアやフォアグラを食べているつもりで、酢昆布を口に入れて……」

目を閉じてひとつ口に入れた絵梨は、「やっぱりちがぁう」と酸っぱそうに唇をすぼめる。そんな顔ですらかわいいなんて罪だなぁと、梓は顔を綻ばせた。

「あの、すみません」

ふたりが壁際でこそこそとやっていると、男性が不意に声をかけてきた。ネイビーの上質なスーツに身を包み、整髪料できっちりと整えた髪は清潔感にあふれている。年は三十代前半。目鼻立ちの整った男だ。

「は、はい、なんでしょうか」

梓と絵梨が取り繕いつつ体を向けると、男は「トイレはどちらでしょうか？」と質問した。

「それでしたら、そこの螺旋階段を上がって左手にございます」

男は階段を見上げ、梓の言葉を小さく繰り返す。

「あの、ご案内いたしましょうか？」

どことなく不安そうにする男を放っておけず、梓がそう問いかける。招待客には、少しでも心地よく過ごしてもらわなければならない。

「それじゃ、お願いしてもいいですか？」

絵梨に目で〝行ってくるわね〟と告げ、男の斜め前方を歩く。

ダイニングの中で最も存在感があり、大きくきらびやかな螺旋階段を上がりながら、梓は時折うしろを気遣う。

「とても立派な創立パーティーですね」

男に話しかけられ、「はい、おかげさまで無事に創立八年を迎えられました」と答える。

クレアストフォームは空間をプロデュースするデザイン会社である。商業施設や公共施設、イベントの空間を創り上げるのが主な事業。グループ会社には、インテリアショップやビルなどを手掛ける設計事務所もあり、幅広く事業を展開している。まだ若い会社だが、空間デザイン業界でクレアストフォームを知らない者はいないと言ってもいいだろう。

その名を轟かせたのは、三年前にオープンした蓼科の美術館だった。画家の東郷政康と、クレアストフォームの社長でありデザイナーの久城一樹のコラボレーションで完成した美術館は、それ自体が光と風の中に佇む作品でもある。

それは当時、各方面から賞賛の嵐だった。メディアにも頻繁に取り上げられ、テレビ出演も実現。一樹は一躍、時の人となった。

「〝空間デザインといえばクレアストフォーム〟なんて言われていますからね」

「大変ありがたいと思っております」

梓はデザイン企画部に所属しているが、事務などの後方支援が主。忙しいデザイナーの補助をしてきたため簡単なCGパースなら作れるようにはなったが、クリエイティブなこととはほど遠い。それでもクレアストフォームが褒められれば、当然誇らしい気持ちになる。

「でも、それもいつまで続くでしょうね」

男がボソッとつぶやく。不可解に聞こえたため、梓は目をまたたかせた。

「あ、いえ、栄枯盛衰と言いますでしょう？　一般的なことを言ったまでです。クレアストフォームさんに限って、経営が傾くような事態にはならないでしょうから」

一瞬だけ陰ったように見えた男の表情は、すぐにやわらかいものに切り替わった。

なんとなく引っかかったものの、梓も笑みを返す。

「そうならないよう、私たちも精いっぱいやっていく所存です」

そんなやり取りをしているうちに階段を上りきり、トイレの前に到着した。

「こちらでございます」

「どうもありがとう」

男の感謝の言葉に会釈で返し、先ほどまでいた場所へ戻る。絵梨はうらやましそうに招待客を眺めては、ため息をついていた。

「あーあ、早く終わらないかな。豪華な料理を前にしているのに食べられないって拷問ですよぉ」

「まぁそう言わないで。終わったら、ふたりでなにかおいしいものでも食べて帰りましょ」

「そうですね！　そうでもしなきゃ、やっていられませんもんね！」

絵梨は拳を握りしめて、強くうなずいた。

「ところで梓さん、進行表を持っていますか？」

絵梨に言われてポケットを探る。きっちりと四つ折りにされた用紙を取り出し、梓はそれを絵梨に手渡した。

「さすが梓さん！　しかも、こんなに綺麗にたたまれてるところが梓さんらしい」

手伝いとはいえ、パーティーの主催者の一員。進行表は持っていて当然のものだが、どうやら絵梨は携帯していないらしい。

「次は久城社長の挨拶ですね」

進行表のタイムスケジュールによると、社長挨拶は午後七時半からとなっている。

梓が腕時計を確認してみると、あと十五分だった。

しかし会場内を見渡してみても、その姿はどこにもない。

「そろそろ待機してもらった方がいいと思うけど、社長どこにいるのかな。私、ちょっと捜してくる」

絵梨にそう言い置き、梓は下りてきたばかりの螺旋階段を上がっていく。

パーティーの進行を担当している総務部が手配して、すでにどこかで待機してもらっているのかもしれないが、生真面目な梓は放っておけなかった。

男性用のトイレからさっきの男がちょうど出てきて、梓に気づき微笑みを浮かべる。

それに笑みを返しつつ会釈で通りすぎようとすると、「あの」と声をかけられた。

「はい」

足を止めて男に体を向ける。今度はなんだろうか。

両手を前で軽く揃えてかしこまり、目線を合わせたところで騒がしい物音と人の声が通路に響き渡った。

「お待ちください！」

女性の甲高い声が耳をつき、その後にバタバタと足音が続く。

(なに……？)

梓が振り返ろうとしたときだった。背中に衝撃を感じると同時に体が大きく傾く。不意打ちだったため足の踏ん張りが効かない。梓は、両手と両膝を床に突くようにして倒れ込んだ。

「悪い！　大丈夫か⁉」

「は、はい」

ぶつかった相手に声をかけられ、なんとかそう答えたのも束の間。今度は強く腕を引き上げられ、立たされた。

「ありが――」

「社長、お待ちください！」

梓が口にしたお礼の言葉が、近づいてくる叫び声にかき消される。

(社長？)

弾かれたように顔を上げてみれば、そこには梓が捜索していた社長、久城一樹の姿があった。梓にぶつかってきたのが一樹だったのだ。

「まずいな。行くぞ」

一樹はそう言うなり、どういうわけか梓の手を取り走りだした。

「えっ、あのっ、社長!?」

半ば引きずられるようにされ、梓も惰性で足を前に出す。走らざるを得なかった。

振り返ってみれば、話しかけてきた男はあぜんとした顔で立っており、さらにその向こうからは一樹の秘書である三島友里恵（みしまゆりえ）が走ってきた。必死の形相だ。キリッとした美人だからこその迫力がある。

どうして一樹は友里恵から逃げているのか。

友里恵はなぜ一樹を追っているのか。

わけがわからないまま一樹に手を引かれて走る。

自分がぺったんこのパンプスを履いているのを意味もなく感謝した。もしも高いヒールだったら、こうして走れなかっただろう。

といっても、梓は万年ぺったんこの靴だけれど。

身長の高さにコンプレックスを感じているため、高いヒールは天敵のようなもの。ただでさえ百七十センチ近くあるところに高さを加えたら、それこそ大女だ。

履かずにいれば絵梨のようなかわいらしい女になれるかといえば、答えはノー。でも、少しでもそこに近づきたいためハイヒールは履かないと決めている。

船内のスタッフや招待客らしき人たちに好奇の視線を投げかけられながら、梓たちは走り続けた。友里恵もまだ追ってきている。

途中で階段を上がると甲板に出た。停泊しているとはいえ夜の海。四月中旬の風はまだ冷たく、スーツだけでは肌寒さを感じる。

一樹はうしろを振り返って確認しながら、甲板に出てすぐ左手にある狭いくぼみに梓とふたりで身を隠した。

「社長、いったい――」

息を弾ませながら梓が口を開いたそばから、一樹が「しっ」と唇に人さし指を押しあてる。

あまりの近さに梓の心臓は悲鳴をあげた。これほどの距離で一樹と相対するのは初めてである。

上質のブラックスーツに身を包んだ一樹は、走ってきたことすら忘れたかのように落ち着いた呼吸だ。いまだにはぁはぁしている梓とは大違い。身体能力の差をこんなところで見せつけられた。

甘さを秘めた二重まぶたに高い鼻筋。薄い唇は口角が自然と上がった穏やかな印象。整った顔立ちは社内ピカイチの人気を誇る。三十二歳の若き社長だが、年上の部下たちからの信頼も厚い。

背が高いのは梓も知っていたが、こうして並んで立つと梓より頭ひとつ分近く差がある。おそらく百八十センチは優に超えるだろう。

一樹の存在が圧倒的に目立つのは、社長の肩書きのせいだけではない。豪快でパワフルなうえ周りの人間を引き寄せる力があり、気づけばみんなが巻き込まれていく。それはいわば台風の目。梓の今も似たような状況にあると言えるだろう。

ふたり揃ってしばらく息をひそめていると、すぐそばを友里恵が走って通り過ぎていく。梓たちにまったく気づかない様子だった。

「ふぅ、もう大丈夫だな」

一樹は大きく息を吐き出し、そこで初めて梓を見た。

「さっきは悪かった。どこも怪我してないか？」

「怪我はしていません」

「キミはえーっと……」

一樹は梓の名前がすんなりと出てこないようだ。

デザイナー兼社長のためデザイン企画部と密接なかかわりを持っている一樹だが、背が高いだけの地味で目立たない梓は、その視界には入らないのだろう。

そのうえクレアストフォームの社員は五百人を超す。一樹がいちいち覚えていなくて当然だ。

「デザイン企画部の佐久間梓と申します」

名乗った後に丁寧に頭を下げると、一樹の胸のあたりに額をぶつけた。頭突きするような格好になり、慌てて「すみません」と謝る。

一樹は「デザイン企画部だったか」と言いながらクスッと笑った。やはり梓を認識していなかったようだ。

そこで大事な用件を思い出す。

「もう間もなく社長挨拶のお時間ではないですか？」

梓が腕時計を確認してみれば、それは十分後に迫っている。姿が見えなくて、司会者もそろそろ焦り始める頃だろう。

「ああ、そうだな」

一樹は自分でも腕時計を見たが、すぐに顔を上げた。

「でも今はそれどころじゃない。一大事なんだ」

たしかに社長ともあろう一樹が、秘書の友里恵から追いかけ回されるような事態はただごとではないかもしれないが。

「三島が妙な企てをしているんだ」

「妙な企て、でございますか」

それはただならぬ雰囲気だ。友里恵がいったいなにをするつもりなのか。

「今夜ここで、俺の見合いパーティーを開くと言ってきかないんだ」

苦々しく言ったかと思えば、一樹は大きなため息を漏らした。

（社長のお見合いパーティー？　どうして三島さんがそんな企画を？）

秘書の立場で仕切るものだろうか。

「ですが、進行表にはなにも書かれておりませんが」

ポケットに手を突っ込んだ梓は、それを絵梨に渡したままであると気づいた。

でも、梓の記憶に間違いはない。ミスがあってはならないと、それこそ紙に穴があくほど何度も確認したのだから。

「そりゃそうだろう。創立記念パーティーとは別だ。三島がどこぞの令嬢を十人も集めているらしい」

そういえば、と梓が思い返す。招待客の中に取引先とはあきらかに違う、着飾った女性がちらほらといるのを見かけていた。

受付は総務部が担当しているため詳細はわからず、取引先の社長が自身の娘を同伴しているのだろうという程度にしか知らない。

しかしなぜ、友里恵がそこまでして一樹に相手を探すのだろう。しかも十人も集めるとは、相当本気だ。

「社長、恋人はいらっしゃらないんですか？」

「まあね。特定の女性との付き合いは長らくしてないな」

容姿にも肩書きにも恵まれた一樹のこと。恋人はてっきりいるものだと思っていた。ただ、特定じゃないにしろ複数のそういった相手はいるのかもしれない。

「ご結婚はお考えになっていないと」

「いや、結婚はするよ。したいと思ってる。見合い結婚もいいなと一時は考えた。けどやっぱり結婚相手は自分で見つけたいしね。それに一気に十人の女性との見合いなんて、相手に失礼極まりないだろ？　そんな不誠実なことをするつもりはない」

一樹はきっぱりと言いきった。

結婚に及び腰なのではなく、見合いのやり方が気に入らないらしい。

「だが、あの三島だからな……」

よほど手強いのか、一樹は眉根を寄せて気難しい顔をする。

三島友里恵は、クレアストフォームに中途入社して三年になる。それまで数々の大企業の役員秘書を担当した経歴の持ち主。四十五歳とは思えない瑞々しさとたおやかさのある美女で、知識も兼ね備えた万能な秘書である。社内の噂によれば、社長にも物怖じせず意見するため秘書にしておくのはもったいないと言う部長たちもいるとか。

一樹はしばらく押し黙って考えるようにした後、虚を突かれたように梓を見た。真剣なようでいて、どこか楽しげ。そんな目だった。

(……どうしたのかな)

梓はまばたきを激しくさせて、一樹を見つめ返す。

「キミ、俺の恋人にならないか?」

一樹が突飛なことを言いだしたものだから、梓の目は点になる。

「……今、なんとおっしゃいましたか?」

鯉かと見紛うほどに口をパクパクさせながら聞き返す。

「悠長にしてはいられない。今すぐ俺の恋人になってくれ」

「ど、どうしてですか⁉」

梓は一樹を知っているが、一樹が梓を知ったのはほんの数分前。なにがどうなったら、恋人になれなどと言えるのか。

梓が混乱して目を白黒させていると、

「あ、いや、言い方がまずかったな」

一樹が目線を斜めに投げかけ、自分の顎の下をなでる。

「恋人といっても、あれだ。その場しのぎと言ったらいいのか？　三島をあきらめさせるために恋人のふりを頼みたい。いや、いっそ婚約者の方がいいな」

「……恋人のふり？　婚約者？」

一樹の言葉を反復する。

（いやいやいや、それはいくらなんでも……！）

恐れ多さから、梓は大きくかぶりを振ってわなないた。

勤め先の社長の恋人のふりや、婚約者のふりだなんてとんでもない。

ところが一樹はそれであきらめるような男ではない。

「少しの間でいいから」

なおも梓に詰め寄る。

うしろは壁。それ以上後退できず、梓は冷えた壁に背中をめいっぱい押しつけた。

強い視線が梓を射抜く。普段穏やかな表情をしている方が多い一樹の、珍しく深刻そうな顔だ。

（もしかして、こういうのをパワハラというのかも？）

でも不思議なことにそんなに嫌でもない。それどころか、むしろワクワクする気持ちもあった。

そのうえ一樹は梓の勤め先の社長。すなわち可能な限り、その要望や希望、期待に応えるのが部下の務めである。

元来真面目な梓はそう思うと、一樹の熱心な頼みを聞かずしてクレアストフォームの社員とは言えないのでは？と自問自答をし始めた。

（ここで断ったら、立派な社員として胸を張っていられなくなるんじゃない？　だって、社長たっての頼みなのよ？　それを断っていいの？）

梓の心が大きく動きだす。

肩を上下させるほどに息を吸い込み、吐き出すと同時に「わかりました」と答えた。

社長である一樹を助けたい。いつもは縁の下の力持ちとして陰ながら支えてきたが、今こそ立ち上がる時。殊勝な心がけで、一樹を見上げる。

「そうか！」

一樹は安堵したように緊張を解き、パッと顔を輝かせた。そして、いきなり梓をがっしりと抱きしめる。

「しゃ、社長!?」

「サンキュー。助かるよ」

突然の抱擁に梓が戸惑っているうちに、体が解放された。

「そうと決まれば行くぞ」

「は、はい」

一樹が向かおうとしているのは、おそらく友里恵のところだろう。梓を婚約者として紹介し、見合いパーティーなるものを中止させようと。

一樹に手を引かれ、友里恵が走っていった方へ足を向ける。

デッキは先ほどよりも風が強く、梓のストレートロングの黒髪を巻き上げていく。つながれていない右手で暴れる髪を必死に押さえていると、「寒いだろ」と一樹が自分のジャケットを脱ぎ、梓の肩からかけた。

「結構です。社長がお寒いじゃないですか」

慌ててジャケットを返そうとするが、「いいから」と強く拒まれ、仕方なく借りることとなった。

一樹のつけている香水だろうか。ほのかにシトラス系の匂いがして、梓はどぎまぎさせられる。まるで一樹に抱きしめられているような気がして落ち着かない。なにしろ相手は社長。業務以外でかかわらない人なのだから。

（……あ、でも、これも業務の一環と言えばそうなのかも。恋人のふりをするミッションみたいなもの？　うん、そうよね）

そう思えば、なんとかできそうな気がした。

寒風が吹きすさぶ中、一樹に手を引かれてデッキを歩いていると、いよいよターゲットである友里恵の背中を発見。梓が〝あっ〟と思っているうちに、一樹が「三島」と呼び止めた。

振り返った友里恵の表情は険しく、ワンレンボブの髪が風に煽られて乱れている。腕を組んで仁王立ちしているから、まさに鬼神のようだ。

「社長！　お逃げになるとはどういうおつもりですか？」

そう言いながら、友里恵の視線が梓へ向けられる。

鋭い視線を突き立てられ、梓の喉の奥がひゅっと音を立てた。

「デザイン企画部の佐久間さん、よね？」

友里恵が訝しげに小首をかしげる。同じ所作なのに、絵梨のそれとはまったく別物に見える。女性としての年季か、もしくは社会人としての年季の違いか。

「は、はい」

膝が震えるのは寒さのせいなのか、はたまた友里恵に対する畏怖なのか。

「どうしてあなたが社長と一緒にいるの?」

「それは――」

「三島に紹介しておこうと思ってね」

梓が口を開いた直後、一樹がすかさず助け船を出す。

「ずっと隠していたんだけど、俺の恋人、いや婚約者の梓だ」

一樹はつないでいた手をほどき、梓の肩を引き寄せた。膝が震えていたため、梓は呆気なくその腕に収まる。足がふらついていたから、かえって助かった。

「……なにをおっしゃっているのか、私にはさっぱりわかりませんが」

友里恵の眉間に三本の縦皺(たてじわ)が刻まれる。

「だから、俺の婚約者だと言ってるだろう?」

「ですが、そんな影はみじんもございませんでしたが」

それもそうだろう。なんせ急ごしらえだ。

友里恵は疑いのまなざしを梓たちに臆せず注ぐ。

「そりゃそうだよ。隠していたんだから。というわけで、今夜の見合いパーティーはなし！　みなさんには丁重に事情をご説明してお帰りいただいてくれ」

一樹はそう言って手で払うような仕草をした。

「佐久間さんは本当に社長とお付き合いをされているの？」

友里恵から痛いほどの強い目で見つめられ、梓がすくみ上がる。うっかり〝本当は違うんです〟と白状してしまいそうだ。

「梓という婚約者がいる俺に、無理に見合いを受けさせるつもりか？　どこの令嬢たちを連れてきたのか知らないが、そうすればどうなるかは三島が一番よくわかるだろう？」

「ですが……！」

友里恵がぐっと言葉を詰まらせる。腕組みをほどいた手は拳を握っていた。

「信じられないのなら仕方がないな」

友里恵に恐れをなし、一樹も潔く白状するのでは？と梓が思った次の瞬間。

手を肩から腰へ移動させた一樹は梓をぐいと引き寄せ、もう片方の手でその頬を包み込む。梓が戸惑っているうちに唇が重なった。

流れるような一連の動作はあまりにも自然で、梓は抵抗する隙もない。

重ね合わせるだけのキスに体は硬直し、呼吸もままならない。ただやわらかな唇を感じていた。

（これって、もしかしてセクハラじゃない……？）

でも、なぜか嫌悪感はなく、セクハラという言葉と結びつかない。

一樹は歩くだけで女性たちから熱いまなざしで見つめられ、常に憧れの対象。そんな彼の魅力に逆らえず、梓はされるがまま受け入れてしまった。

「もうわかりましたから」

なだめすかすような声を近くからかけられ、梓はそこで我に返る。唇と体がそっと解放され、全身から力が抜けた。時間の感覚も麻痺（まひ）していたため、どのくらいそうしていたのかわからない。長いようでいて、もしかしたら一瞬だったのかもしれない。

友里恵は、「わかりました」と今度ははっきりと言い、軽く目線を下げる。

「あぁそれから、この件はまだ内密にしておくように」

一樹は社外社内問わず、公表を控えるよう指示も忘れなかった。

＊　＊　＊

気がつけば、梓はキャビンにいた。それもスイートルームと思われる広い部屋。豪華な調度品が並び、ここが船内だと忘れそうになる。

入口に突っ立つ梓に背を向け、一樹はスマートフォンで電話中だ。

「ああ、悪いな。そんな感じで招待客にも説明してもらえると助かる。……ああ、それじゃ」

通話を切り、一樹が振り返ったところで、梓は大変なことを思い出した。

「社長、挨拶の時間が……！」

予定時刻まであと五分。猛ダッシュしなければ間に合わないだろう。

ところが焦る梓とは対照的に、一樹は余裕綽々。ソファに腰を下ろし、ゆったりと足を組み替えた。

「心配いらない。今、専務に電話で頼んだよ」

「専務にですか？」

専務の成瀬（なるせ）は、一樹よりひとつ年下の三十一歳。どちらかといえば豪快でおおらかな一樹とは反対に、真面目で堅実派である。一樹同様、イケメンだと人気のある男だ。

「体調が悪いから頼むってね」

「社長、どこか具合が悪いのですか？」

そうだとしたら、すぐにでも医者の手配をしなければならないと梓が大真面目に聞き返すと、一樹は一笑した。

「違う。サボる口実」

創立記念の大事な場で、まさか社長挨拶をサボるとは。

梓は目が点になったが、一樹の奔放ぶりは社内でもよく話題になっているため、納得できる部分もあった。

「さっき三島に『具合が悪いから挨拶は辞退する』って俺が言ったのを聞いてなかったのか?」

「あっ、そうだったんですね……」

不意打ちのキスをされ、梓はそれどころではなかった。ふたりのやり取りも、ほとんど耳に入っていない。

「挨拶は専務の成瀬の方が得意なんだ。適材適所っていうだろう?」

言われてみれば、成瀬は落ち着いた口調で真摯に話すタイプだし、そういった側面で見れば適任なのだろう。

でも、一樹のように強弱と抑揚をつけて鼓舞するかのごとくするスピーチもまた、熱がこもっていていいのでは?とも、梓は思った。

「本当によろしいのですか?」

「いいって。梓が気にする必要はない」

名前で呼び捨てにされ、梓の鼓動がドクンと跳ねる。

さっきは友里恵の手前、そう呼んだのだろうけど、今ここに彼女はいない。

「あの〝梓〟って……」

「名前がどうかした？」

「その、呼び捨てはちょっと……」

顔が真っ赤になっているのが自分でもわかる。なにしろ男性から呼び捨てにされる経験は、父親以外に一度もない。その父親も、梓が幼い頃に亡くなっている。

背の高さがコンプレックスの梓は今まで恋愛経験がなく、名前を呼び捨てにされる機会はなかったのだ。

男の人ならば、小さくてかわいらしい女性の方がいいだろう。そう思うと、好きな人ができても想いは胸に秘めたまま。そうして二十七年間生きてきた。

「婚約者なら当然じゃない？」

「ですが、それはお見合いパーティーを断るためで」

しかも〝ふり〟だ。あの場限りの嘘にほかならない。

「それが首尾よくいったのは梓のおかげだよ。ありがとう」

「あ、いえ、どういたしまして」

一樹ににこやかに微笑まれ、梓も丁寧に返す。が、今はそういう場面ではない。

「ではなくてですね、お見合いパーティーがなくなったのですから、もう婚約者のふりはしなくてもよろしいのではないでしょうか」

「梓は三島の怖さを知らないな」

「……はい?」

友里恵の怖さとはいったいなにか。

（さっきの形相はたしかに怖いものがあったけど……）

つり上がった目、風によって巻き上げられた髪は鬼の角さながら。梓は思い出して身震いを覚えた。

「さっきので、三島の目を欺けたとは思えない」

「そうでしょうか……?」

キスまでしたのに?と、思い出した梓の顔が再びカーッと熱くなる。

「なんとしても俺を早く結婚させたいらしいからね。その場しのぎと考えていたけど、そうもいかなそうだ」

一樹によると、友里恵には確固たる信念があるそうだ。

社長たるものは守るべき家庭を持って初めて、素晴らしい仕事ができるのだと。妻帯者になると、取引先からの信頼も違うのだという。

そして一樹の結婚こそが、友里恵にとって最重要課題なのだとか。

「今もきっと、部屋のドアの向こうで梓が出てきやしないか、息をひそめて見張っているだろう」

梓は思わずビクンと肩を揺らして、ドアの方を見た。

（ドア一枚隔てた向こうに三島さんが……？）

つまりそれは、一樹たちがひと芝居打ったのではないかと疑っていることになる。

仁王立ちしている友里恵を思い浮かべて、梓の背筋に冷たいものが走った。

「だから、梓にはもう少し恋人ごっこに付き合ってもらわないと」

「……とおっしゃると？」

「今夜、梓にはここに泊まってもらう」

卒倒しそうになった。クラッと目眩（めまい）を感じてふらつくと、一樹はすかさず立ち上がり、「おい、大丈夫か」と梓を支えながらソファへ座らせた。

「申し訳ありません」

ふぅと息をつき、心を落ち着ける。

ところがいくらそうしても、一樹とここでひと晩明かす〝珍事〟を理解できるはずもない。

「ですが、まだ仕事が残っておりまして……」

創立記念パーティーはまだ終わっていない。

会場の片づけは客船のスタッフたちがやるだろうが、クレアストフォームの取引先の方々をきちんと船から降ろすところまで見届ける必要がある。手伝いとはいえ、無責任にはできない。

「具合が悪い彼氏を置いて帰る彼女なんていないだろう? 今ここで梓を帰したら、それこそ三島に見合いパーティーを仕切りなおしされるに違いない」

「……たしかにそうですね」

一樹は間違ってはいない。恋人なら付き添っているはずだ。

もしもここで梓が部屋を出ようものなら、てきぱきと職務を全うしている友里恵のこと、すぐに見合いを手配するだろう。

(社長に本物の恋人ができるまで。それまでの間。困っている人を見過ごすわけにはいかないわ。おばあちゃんにも、小さい頃からそう言われてきたんだもの)

梓は背筋を伸ばし、膝の上で両手をそっと重ねた。

「承知いたしました」

真っすぐ一樹を見つめ、強くうなずく。

一樹は優しい笑みを浮かべると同時に梓の肩を引き寄せ、軽く口づけた。

（……えっ？）

一連の動作があまりにもすばやくて、梓は顔を背けることすらできなかった。

「よろしく」

再び一樹に微笑まれ、梓はコクンと首を縦に振るだけ。あとから思い出したかのように心臓がドクドクと鳴り始め、しばらくの間、身動きひとつできなかった。

ペナルティは蜜の味？

豪華客船に泊まった翌日の日曜日。梓は電車を乗り継いである場所へ向かっていた。穏やかな午後の日差しを浴びながら、のんびりと電車に揺られる。そうしていると頭に浮かぶのは、創立記念パーティーでの一幕だ。

急きょ泊まりになったため、着替えの心配をした一樹が友里恵に連絡。おかげで梓は、友里恵にこっそり下着のサイズまで伝えなければならず、恥ずかしくてたまらなかった。友里恵が事務的に返すから、さらに決まりが悪い。

サイズを暴露するのももちろんそうだが、下着の準備が生々しさを増長させるからいけない。もちろん一樹とは二度のキス以上はなかったけれど。

シャワーを浴びた後、一樹は仕事があるからとリビングスペースでノートパソコンを広げ、梓はベッドルームで休むことに。一樹が仕事を終えたらベッドを譲って自分はソファへ移ろうと思っているうちに寝入り、気づいたときには朝。焦って飛び起きると、一樹はリビングのソファで足を投げ出して眠っていた。

一樹の車で自宅まで送り届けられた昨日は、母・陽子（ようこ）に朝帰りをあれこれとおもしろがって詮索されたが、女友達と一緒だったと言い張り、事なきを得た。

これまで恋人のひとりもいなかった梓だから、陽子も本気で男の人と一緒だったとは思っていなかったようだ。

(それにしても、これから私はどうなるんだろう……)

思いがけないミッションを与えられ、梓には不安しかない。

しかも、ファーストキスまで奪われた。いい大人の女が仮にも社長相手にガタガタ言うわけにもいかず、それは責められないけれど。

(社長は、キスなんてどうってことはないんだろうな)

なにしろ梓にとっては初めてのキス。それが上手なのかどうかは比べようもないが、一樹が慣れているのはわかった。

これは梓の勝手なイメージにすぎないけれど、恋愛にも奔放そうな一樹だから、女性の相手もお手の物なのだろう。

キスされた感触が蘇り、梓は唇をそっと指先でなぞった。


要塞のような白い建物は、その全貌を捉えるのが難しいほどに大きい。

『久城総合病院』の循環器内科。そこに梓の祖母・多香子(たかこ)が入院している。一年前に弁膜症の手術を受けた多香子は、近頃になって不整脈が出ており、大事を取るためのものだ。

前回、見舞いに来たときに多香子にイチゴ大福を食べたいとねだられ、梓は今日それを届けに来た。駅前の和菓子屋で手に入れたそれは、梓も大好きな一品である。

食事に制限のある入院患者ではあるが、多香子は『我慢しすぎるのもよくないから、たまにならいいですよ』と、主治医から甘い言葉をこっそりささやかれたそうだ。

何度となく通っている病院のため、勝手知ったる我が家も同然。梓は迷わず二号館の三階にある循環器内科病棟へたどり着いた。

ちょうど食事の時間が終わった頃で、通路に置かれたワゴンには戻ってきたたくさんのトレーが収納されている。

梓が四人部屋の窓際の白いカーテンを開けながら「おばあちゃん」と声をかけると、多香子は「おや、今日も来てくれたの？」と目を丸くしながら体を起こした。

多香子は七十七歳。シルバーグレーの短い髪にパーマをかけてふんわりとさせているが、本人はコシがないと常々悩んでいる。

自分の髪のハリを少しでも分けてあげられたらいいのにと梓は思うが、そうもいかない。

「イチゴ大福、買ってきたよ」

そう言って袋を手渡すと、多香子はうれしそうに満面の笑みを浮かべる。

「あらぁ、わざわざ悪かったね。ありがとう、梓」

「ううん。このくらい大丈夫だから。欲しいものがあったら、なんでも言ってね」

多香子はニコニコしながらイチゴ大福の包みを開いた。

梓はベッドサイドに椅子を引き寄せて腰を下ろし、そんな多香子を見つめる。

幼い頃に父を亡くし、母、陽子は忙しい毎日を送っていた。夫とふたりで営んでいた小料理屋をひとりで切り盛りしてきた陽子が、休む間もなく働いたおかげで固定客がつき、現在も店の経営は好調である。

そんな陽子に代わって梓の面倒を見たのが、父方の祖母である多香子だった。祖父は亡くなっていたため、学校から帰ると多香子とふたりでおやつを食べたり、よく一緒に折り紙をして遊んだりしたものだ。

今は陽子と多香子、そして梓の三人で祖父が遺した一軒家に暮らしている。

「ほら、梓もひとつお食べ」

「おばあちゃんがあとで食べるのに取っておいたら？」

「あんまり食べたら先生に怒られちゃうから」

多香子は肩をすくめて、お茶目にペロッと舌を出す。

そこまで言うのならと、梓は多香子が差し出したイチゴ大福をほくほく顔で受け取った。透明のフィルムをはがし、ひと口かぶりつく。

（うーん、やっぱりおいしい）

イチゴが丸ごと入ったそれは、甘さも控えめで皮は伸びるほどにやわらかい。持参したお茶を飲み飲み、梓は大福を堪能する。

「ねぇ、梓」

口をもごもごさせながら「ん？」と、多香子を見た。

「ここに足繁く通ってくれるのはありがたいんだけど、お食事したりデートしたり、そんな相手をそろそろつくったらどう？」

唐突に妙なことを言われ、梓はパフッと白い粉を口から噴いた。バッグから慌ててハンカチを取り出して、口もとを拭う。

「や、やだ、おばあちゃん。私にそんな人ができるわけがないでしょう？」

そう言いながら、一瞬だけ脳裏に浮かんだ一樹の顔を必死に追い払う。

「なに言ってるの。梓はいい子だし、おばあちゃんに似て美人さんなんだから」

多香子がおどけて笑う。

「おばあちゃんが美人なのは認めるけど、私はさっぱりダメよ」

もしもそう見えるのだとしたら家族の欲目だ。

（私みたいな大女じゃ、彼氏なんてできっこないわ。いっそ男に生まれればよかったのに）

父方の祖父母も母方の祖父母も、おまけに両親とも身長が高い。もう亡くなってこの世にはいないが、祖父は百九十センチもあったという。長身の家系だから、梓が高身長に生まれつくのは自然なのだろう。

「そんなことないわよ。梓の花嫁姿を見ずして、おばあちゃんも死ぬわけにはいかないからね」

「やだ、死ぬなんて言うのはやめて。おばあちゃんが退院しないと、私、晩ごはんのときにひとりぼっちなんだから」

「はいはい。でも、おばあちゃんの夢も少しは理解しておくれよ」

多香子の伸ばした手が梓の腕に触れる。

「梓の結婚が、今のおばあちゃんの唯一の望みなんだよ。あとはもうなにもいらない」

優しく腕をさする多香子の手に、梓は自分の手を重ねた。

多香子の夢を叶えたいのはやまやま。でも、これぱかりは梓ひとりではどうにもならない。そのもどかしさが梓の胸をきゅっとさせる。

「努力はするけど、あんまり期待されると困るな」

眉尻を下げた梓に、多香子はそっと微笑んだ。


クレアストフォームの本社は、背高のっぽのビルが建ち並ぶオフィス街にある。地上四十階建て、地下二階のそのビルは、三階から上がミラーガラスになっており、築二年という新しさもあって周辺ではとても目立つ。大小様々な企業が入居し、クレアストフォームは三十四階から三十八階に事務所を構えている。

創立記念パーティーから二日が経った月曜日の朝。梓が三十七階にあるデザイン企画部に出勤するや否や、絵梨は「梓さん！」と椅子を鳴らして立ち上がった。

「体調はどうなんですか？　仕事に来て大丈夫なんですか？」

「あぁ、うん。大丈夫よ。心配かけてごめんね」

目を泳がせながら、なんとかそう答える。

「社長を捜しに行ったまんま、突然具合が悪くなったから帰るなんて言うんですもん」

「本当にごめんね」

頬を膨らませて心配そうに梓の顔を見つめる絵梨に、手を合わせて謝った。

あの夜、一樹から二度目のキスをされた後、放心状態から覚めた梓は、動揺しながらなんとか絵梨に連絡を入れた。

体調が悪くなったからひと足先に帰るという嘘に、抵抗がなかったわけではない。絵梨を心配させるのはわかっていたし、なによりも仕事を途中で放り出すのはとても心苦しかった。おかげで言葉はつかえながらになり、余計に体調が悪いと絵梨に思わせたから申し訳ない。

さすがに本当の理由はスキャンダラスなため、梓を慕う絵梨にも言えないけれど。

パーティーの翌日には絵梨からスマートフォンのアプリにメッセージが届いたが、梓は【心配しなくて大丈夫】と返しただけだった。

「梓さんが元気ならよかったです。でも、おいしいものを食べに行く約束はそのままになっていますから、近々行きましょうね」

「あっ、そうだったわよね。本当にごめんね」

誘ったのは自分なのに約束を破るなんて。

梓が何度も謝ると、絵梨は「梓さんがごちそうしてくれるなら許しちゃいますよっ」とおどけた。

「そういえば、社長も急に具合が悪いとかって言って、パーティーの社長挨拶は専務がされていましたけど大丈夫ですかね」

「えっ……あ、そ、そうなの？」

一樹の話題、しかもパーティー当夜の話を持ち出され、嫌でも動揺する。心拍が乱れ、祖母の多香子と同じく不整脈を心配したくなる。

「あれ？　それじゃ梓さん、あのとき社長を捜しに行ったけど見つけられなかったんですか？」

「あぁ、うん、そうなの。見つけられなくて。あちこち捜したんだけどいなかったから、もしかしてキャビンで休んでいたのかしらね」

速くなる鼓動がそうさせるのか、自分でも驚くほどに早口になる。焦点も合わず、かなり挙動不審だ。

「……梓さん、なんか今日は様子が変ですね」

絵梨の目が探るようにくるくると動く。

「そそ、そんなことないよ。普通。いたって普通よ」

「そうですか？　いつも落ち着いているのに、今日は私も驚くくらいテンパっていません？」

絵梨の言葉にギクッとせずにはいられない。それでもどうにかこうにか取り繕い、梓は「週明けの月曜日だからかな」とごまかしてやり過ごす。

「さてと、今日も一日がんばろうね」

頭を仕事モードになんとか切り替え、梓はパソコンを立ち上げた。

デザイン企画部は部長を筆頭に二十名のデザイナーと、補助的な業務をする十名の社員がいる。デザイナーがそれぞれ他部署と連携してチームを組んでひとつの案件にあたり、梓や絵梨は、いくつかのチームの補助業務を一度に担当する。

梓が今受け持っている中で最も大きな仕事は、結婚式場の空間デザインである。

それは一樹の空間デザインのセンスに惚れ込んだ、ブライダルプロデュース会社『シュプリームウエディング』の社長、流川(るかわ)千景(ちかげ)による依頼である。その社長にとって初の結婚式場建築のため、かなり力が入っている。設計はもちろん、立地の選定から内装のすべてを任された一大プロジェクトともいえるだろう。

つまり一樹が大きくかかわっている案件である。

当初いくつかあった建築候補地を巡っては、斡旋(あっせん)した不動産会社とのトラブルがあり裁判沙汰にもなったが、間もなく建物の建築が着工するところである。クレアストフォームが得意とする空間デザインの本領を発揮するのはもう少し先だが、補助的な業務を担当している梓も気を抜けない。

つい先ほど、何度も打ち合わせを重ねて作成した最終の設計図が設計士からメールで送られてきたため、それをチェックして施工会社に転送しなければならない。

ざっと見たところ変わったのは、披露宴会場の前のスロープの形状が変更になったくらいだ。

そうしてチェックをしていると、退勤時間の午後五時半まであと少しとなっていた。

そのときふと梓のパソコンの画面に〝新着メールあり〟と、社内メールの受信を知らせるメッセージが表示される。

（仕事の依頼だったら、今日は帰るのが遅くなるかな）

そう考えつつマウスを操作。すぐに開いたメールソフトの発信者名を見て、梓はドキッとさせられた。一樹だったのだ。

社長の一樹からメールを直々にもらった経験は、これまでに一度もない。

（もしかしたら、婚約者のふりはもうしなくていいとか？　それとも、意外と仕事の内容だったりする？）

いったいどんな用件なのかと、マウスポインタを合わせるほんの数秒のうちにあれこれと考える。

マウスでカチッと音を立てながらメールを開くと、そこには【今日、五時四十分に下のエントランスで待っていてくれ】との短いメッセージが書かれていた。

（下で待てって、いったいなにがあるんだろう。それも十分後？）

短い一文では一樹の意図がわからず、梓は首をかしげる。

さらにそのメッセージの下に一樹のものと思われる電話番号が記載されているのを見て、連絡先を交換し損ねていたと思い出した。

社長からのメールをもらいっぱなしにしておくわけにはいかない。梓は、キーボードをカタカタと鳴らして返信を打ち始めた。

【お疲れ様です。承知いたしました。ところで、いったいどのようなご用件でしょうか？】

そして、ラストに念のため自分のスマートフォンの番号を書き記す。送信ボタンを押して退勤時間まで待ってみたが、一樹からの返信は届かなかった。

（どうしよう。設計図を確認して送信したいんだけどな……）

かといって社長の一樹を下で待たせるのもどうかと思う。

（設計図の提出期日は明日だから、午前中のうちに送信できれば平気かな……）

あれこれと思い悩みながらパソコンを前にして固まっていると、それに気づいた絵梨が梓に声をかける。

「梓さん、どうしたんですか？」

「あ、うん。仕事の段取りをどうしようかなって考えてたの。ちょっと用事ができたから今夜は上がろうと思うんだけど、最終の設計図も設計士に送っておきたいなって」

「それじゃ、私がチェックして送信しておきましょうか」

「でも、絵梨ちゃんも忙しいじゃない」

彼女は彼女で抱えている仕事があるのだ。そもそも式場の補助業務を担当しているのは梓である。

「大丈夫ですよ。私だって、いつも梓さんには代わりにやってもらったりしてますもん。たまには恩返しさせてください。最終の設計図なら、ほとんど変更点はないでしょうし。いつものようにチェックして送ればいいんですよね？」

「そうなんだけど……。本当にいいの？」

普段の梓なら仕事を最優先にするが、社長である一樹を待たせるのは気が引けるため、絵梨の申し出に心がぐらつく。強引な一樹だから、有無を言わさず連れ出されるだろう。

（絵梨ちゃんの言うようにそれほど変更箇所はないだろうし……。お願いしちゃおうかな）

丁寧さはもちろん、いつも期日よりも早く提出するのを心がけてきた梓だけに、絵梨の言葉はとてもありがたかった。

「それじゃ悪いけど、お願いさせてもらうね」

「はい！　私も梓さんのお役に立ててうれしいです」

絵梨に最新の設計図と前回のものをメールで送信し、チェックシートも添付する。送り先のアドレスを伝えてから、梓はデスク周りを片づけた。絵梨に「よろしくね」と声をかけ、デザイン企画部を後にする。

友里恵以外に一樹の婚約者の存在を知る者はいない。しかも、それがフェイクなのはさらなるトップシークレット。人目につくのはまずいだろうと、梓はエントランスを出た隅の方で身をひそめた。

こういうときに背が高いのは困りものだ。影が薄いと自負していたため油断していたが、行き過ぎる人がチラッと視線を投げかけていく。こっそり身を隠している怪しさから、ストーカーかなにかと思われているかもしれない。

（社長、早く来てくれないかな……）

気は長い方だが、置かれている状況のせいでそわそわしてくる。一樹がどこからどう現れるのか見当もつかないため、エントランスの方を見たり道路に目を凝らしたりして落ち着かない。

　そうして挙動不審な様子で梓が待っていると、少し離れたところでハザードランプをつけて、真っ赤なスポーツタイプの高級車が止まった。梓の記憶が正しければ、土曜日に乗せられた一樹の車だ。

　でもはっきりとそうだとは確信を持てないまま梓が近づくと、助手席のパワーウインドウが下がった。

「梓」

　名前を呼ばれ、やはりそうだったかと梓は小走りになった。

　誰かに見られたら大変だと、うしろを振り返りながら助手席に乗り込む。ドアを閉めた途端、一樹はなぜか噴き出すように笑った。

「なんて動きをしてるんだよ」

「はい……？」

「コソ泥に見えたぞ」

　そう言って、一樹が再び笑う。

「そうでしたか？」

　まさかコソ泥と言われるとは。

梓は目をぱちくりとさせた。

(忍者のように機敏な身のこなしになっていると思ったんだけどな)

どうやらそう思ったのは自分だけのようだ。同じ泥棒なら〝ル〇ン三世〟の方がよかった。そうとはいえ誰にも見られずに一樹の車に乗れたようだから、よしとしていいだろう。

「あの、それでなにかあったのでしょうか?」

わざわざメールで呼び出すくらいなのだ。重大発表でもあるのではないか。

そう思い、梓が真剣な表情で一樹を見ると、「おっと、やっぱり来たな」と目を鋭くさせてルームミラーを睨(にら)んだ。

(来たってなにが?)

梓がそう思った矢先、車が発進する。

「今夜はデートだ」

「はい!?」

「だから、デート。婚約者なんだ。デートくらいしておかないと」

メールの用件はデートのお誘いだったわけだ。

「三島さん、まだ疑ってるんですか?」

ふたりでひと晩過ごしただけでは納得しないのだろうか。

「ああ。三島をそう簡単に欺けるとは思っていなかったが、アイツもなかなか粘着質だな」

そう言いながら、一樹は再びルームミラーをチラッと見やる。

「尾行までするとはな」

「……尾行？」

「三島だ」

一樹は左手の親指を立て、うしろを指した。

（尾行って、まさか三島さんが⁉）

驚いて振り返ろうとすると、咄嗟に一樹が「見るな」と梓の肩を押さえる。

「助手席から不用意に覗けば、三島にも見えるだろう。気づいていないふりを装った方がいい」

「は、はい……」

なんと、友里恵が尾行しているという。本当に婚約者かどうか、粗探しらしい。

なにがなんでも一樹を結婚させたい強い意思を感じて、梓は身震いを覚える。

これが嘘だとばれたら、いったいどうなるのだろう。そう考えると、梓はただでは済まないと思えた。

「社用車まで手配するとはな。……こうなったら三島に見せつけるしかない」

「見せつけるとは、なにをですか?」

「俺たちが婚約者だってね」

一樹は梓を横目でチラッと見て、いたずらっぽく唇の端を上げた。

(な、なにをするんだろう。まさか……)

梓はそこで、パーティーで友里恵に見せつけるようにして一樹にされたキスを思い出した。

一樹にとってのキスは、食事をするのと同じような感覚なのかもしれない。でも、梓にしてみたらそうではない。キスはキス。大事件なのだ。

かといって、一樹に協力すると一度了承した以上、ここで大役を降りるのはできない。梓は、自分の頑固な性格が恨めしかった。

十分ほど走らせた後、一樹は高級ホテル『ル・シェルブル』の地下駐車場に車を停めた。しばらくして別の車が離れたところに停められる。それが友里恵の運転するものらしい。

一樹に「そっちは見ないように」と言われ、不自然に顔を背けながら車を降り立つ

と、すかさず肩を引き寄せられた。そしてそのまま歩きだす。友里恵に観察されている
ことより、そうして歩いている方が梓には一大事だ。

「どど、どこへ行くんですか？」

気を紛らわせようと口を開いたら、緊張で言葉がつかえた。

「そんなにビビるなよ。俺が誘拐犯みたいじゃないか」

一樹がハハッと笑う。

（笑いごとではないのですが！）

梓は微笑む余裕すらない。

「よく使う店に行こうかと思ってね」

横顔を見上げたら、一樹からウインクが飛んできた。

それを間近でまともに受け、梓の心臓はあり得ない大きさで音が鳴る。心臓の上下
左右、もしくは裏表がひっくり返ったのでは？と思うほどの衝撃だ。

（顔がいいんだから、無自覚にそんな仕草はしないでください……！）

男慣れしていない梓にとって一樹クラスのハイスペック男性との疑似恋愛は、素人
がなんの装備もなしにエベレスト登頂を目指すようなもの。無謀もいいところだ。

エレベーターに乗り込むと、一樹はパネルの最上階をタッチした。

(三島さんは、この後どうするつもりなんだろう。駐車場で張り込んでいるつもりなのかな)

梓がそう考えているうちに、エレベーターはチンと軽やかな音を立てて止まる。

一樹にエスコートされて梓が連れてこられたのは、ラウンジらしきところだった。

シックな内装で、ピアノの生演奏が耳に心地いい。

スタッフに案内されたのは、目の前に大きな窓があり夜景が見渡せる絶好のカウンター席だった。

「俺は車だからアルコールは飲めないけど、梓は好きなものを頼むといいよ」

「社長がお飲みにならないのに、私ひとりでは飲めないです」

首を横に振り、「私はウーロン茶で」と梓がお願いする。

ところが一樹はそれでは納得できないらしい。

「まぁそう言うな。軽いものならいいだろ?」

「ですが」

「少し酒でも飲んで、その硬すぎる口調をやわらかくするのもいいんじゃないか?」

一樹は片方の肘を突いて頬に手を添え、梓をいたずらっぽい目で見た。

しゃべり方の硬さは、梓にも自覚がある。でもそれは、社長を相手にしているのだから当然だろう。

梓はウーロン茶を熱望したが、結局一樹にカクテルを注文されてしまった。

ほどなくして出されたのは、綺麗な桜色をしたカクテルだった。楼蘭（ろうらん）というらしい。春にぴったりの色合いだ。

ほかに生ハムとチーズのカルパッチョやスナップエンドウとインゲンのイタリアンサラダどもカウンターに並び、一樹が「遠慮しないで食べて飲め」と勧める。

「はい。では、いただきます」

カクテルで喉を潤してから食べた生ハムは、梓の口に入った途端、なんと舌の上で溶けて消えた。

「おいしいです。社長も召し上がってください」

梓が皿をすべらせると、一樹がじっと視線を注ぐ。

「一応は婚約者なんだから、〝社長〟じゃなく名前で呼ぼうか」

「お名前で、ですか⁉」

つい声のトーンが上がった梓の唇に、一樹が「しー」と人さし指を立てる。かすかに指が唇に触れてドキッとさせられた。

「それから、そのガチガチの丁寧語もやめようか」

呼び方も言葉づかいもダメ出しされ、梓は言葉に詰まった。まばたきを繰り返し、一樹を困ったように見つめる。

「一線を引きすぎて、らしく見えないだろう?」

「それはそうかもしれませんが……」

社長を名前で呼ぶような芸当が自分にできるのだろうか。そのうえ、もっとくだけて話せとは。

困惑している梓に一樹が顔を近づける。反射的に離れようとしたが、一樹に肩を抱かれた。

「三島がいるから、それらしくして」

なんとラウンジに友里恵が来ているという。

梓が店内を見渡そうとすると、一樹は「見るな」と梓の頬に手を添えた。思いがけず顔が近づき、ドッキンと鼓動が弾む。

「ほら、呼んでみて」

誘うようにささやかれ自分を見失いそうになる。緊張と興奮と、あとはなんなのか。とにかく梓の頭の中はぐちゃぐちゃだ。

「……一樹、さん」

かろうじて呼んだ途端、頬がカーッと熱くなる。たったひと口飲んだアルコールのせいだけではないだろう。

「よくできました」

そう言って一樹は梓の髪をなで、「綺麗な髪だな」と突然褒めた。

「えっ、こんな髪の毛がですか？」

サラサラで艶こそあるけれど、針のように鋭いストレートヘアは、いくらひどい寝相でも寝ぐせのひとつもつかない。コシの強さにもほどがある、そんな髪の毛だ。

「こんなって言い方はないだろ。しなやかでいてハリがある。手触りがいいから、ずっと触っていたいくらいだ」

そんなことを言われたのは初めて。信じられないのと恥ずかしいのとで、梓は目を見開いてうろたえる。そのうえ一樹に指先で髪をさらさらともてあそばれ、くすぐったくてたまらない。

「ですが、子どもの頃はハリネズミってあだ名だったんです」

「ハリネズミ？　それはずいぶん失礼だな」

一樹は眉をひそめてから、「でも、俺は綺麗だと思うよ」と付け加えた。

「……あの、あんまりからかわないでください」

一樹にしてみれば会話の流れで出た何気ないひと言なのだろうが、梓には強烈な褒め言葉として胸に突き刺さる。いい女風に〝ありがとう〟と言って聞き流せない。

「からかってるつもりはないぞ。それとさっきも言ったけど、その言葉づかいはなんとかならないか？」

「そうおっしゃられましても……」

こう話す以外にどうすればいいのか。相手は社長だ。

「よし、こうしよう。今後、俺を社長と呼んだり妙な言葉づかいをしたりしたときには、ペナルティを科す」

「ペナルティですか？」

いったいなにをどう科すのだろう。

（罰金だとか、反省文だとか……？　社長に払うとしたら、一回百円なんて子ども騙しの金額じゃないだろうな。一度に千円だったら、あっという間に一万円の罰金になりそう。それなら反省文の方がいいかもしれない）

梓がハラハラしながらあれこれ考えていると、一樹が無茶苦茶なことを言い放つ。

「キスだな」

「はい⁉」

「ペナルティはキスにしよう」

一樹はいたって真面目な顔だった。冗談ではなく本気でそうするつもりなのか。

ペナルティがキスだなんて、とんでもないにもほどがある。

「な、なにをおっしゃるんですか……！」

「はい、ペナルティ」

言うなり驚いている梓にチュッと音を立ててキスをした。

「しゃ、社長！」

「ほらほら、またペナルティだぞ」

「待ってください……！」

梓は両手で一樹の胸を押し、顔が近づいてくるのを阻止した。

仮にも公衆の面前。いくら薄暗いラウンジとはいえ、あちらこちらに人の目がある。

梓はあまりの恥ずかしさに耳までゆでダコ状態。頭のてっぺんからしゅんしゅんと
蒸気が上がりそうだ。

「じゃ、今のペナルティはふたりだけになったときにしよう」

「な、なな……」

梓は、もはや言葉にもならなかった。

「かわいいな、梓は」

「ですから、からかわないでくださいってさっきから——」

握りしめた拳に一樹がそっと手を重ねる。いきなりそうされて、梓は言葉を止めざるを得なかった。一樹の目が真剣だったせいだ。おかげで梓の顔はさらに熱くなる。

「からかってないよ。俺は真剣」

「わた、わた、私がかわいいなんて、か、一樹さんは一度視力測定をされた方がいいと思います」

唇を震わせながら、なんとか名前で呼ぶのは成功した。

(社長ってば、本当にどうかしちゃったんじゃないのかな。私がかわいいなんて、お世辞にもほどがあるわ)

気持ちを落ち着けるためにカクテルに口をつける。ひと思いに飲み干すと、喉と胸が焼けるほど熱かった。

「視力はいい方だ。お代わりもらおうか」

一樹がにこにこしながらバーテンに声をかけて注文を済ませる。

まだイエスともノーとも言っていないのにと頭で思いながら、梓は口への指令が出遅れた。それもこれも一樹にからかわれたからにほかならない。

男慣れしていないところへきてキスをされ、かわいいと言われ、とにかく梓の頭のキャパシティは限度オーバー。それなのにそれ以降も一樹は不必要に梓の肩を抱き寄せたり、顔を近づけて話したりするのだから。

友里恵に見せつけるためとはいえ、行きすぎた行為に梓はドキドキさせられっぱなし。こんな状態がまだ続くのかと思うと頭が痛かった。

「そろそろ行こうか」

一樹に言われ、スツールから下り立った梓はその場で足がふらつき、思わず一樹の胸によろける。

「あっ……ごめんなさい」

単に足がおぼつかなかっただけではない。つい飲みすぎたためだろう。一樹の過剰なスキンシップに惑わされないようにと、アルコールでごまかそうとしたのがあだになった。

「大丈夫か？」

「……はい。ちょっと飲みすぎたみたいです」

「二杯しか飲んでないぞ？」

「お酒弱いんです」

もともと梓は、それほど飲めるタイプではない。グラスビール一杯でも体がふらふらするくらいだ。

「なんだ。それならそうと言わなきゃわからないだろ」

「……すみません」

顔を覗き込んだ一樹を見上げた。目が潤むのもアルコールのせいだろう。

「……と、とにかく出るぞ」

一樹は軽く咳払いをしてから、梓の肩を抱いて支えた。

「歩けるか？」

「はい、歩けます」

腰に腕を回されたままラウンジを出る。

ふわふわした心地なのは、お酒のせいなのか。それとも、ふかふかの絨毯（じゅうたん）の上を歩いているからなのか。体に力が入らないため、一樹にぴったりと寄り添う以外になく、そのせいもあるのかもしれない。

「そういえば三島さんは？」

「うしろについてきてる」

横顔を見上げて梓が尋ねると、一樹は耳に口を近づけてこそっとささやいた。しかも唇が軽く触れた気がする。

友里恵に聞こえないようにするためだとわかっていても、梓の心臓はドクンと大きく跳ねた。

乗り込んだ一樹の車は、ホテルの地下駐車場から夜の街に走り出た。

時刻は九時ちょうど。三時間近くも一樹とラウンジにいたと知り、梓は驚いた。

そんなに経った感覚がなかったのだ。思えば、男性とふたりで数時間を過ごしたのも、お酒を飲んだのも初めてだ。

（これからどこへ行くんだろうな……。三島さんはまだ追ってきてるのかな……）

そんなことをぼんやりと考えながらシートに体を預けていると、車はコンビニの駐車場に入った。

「ちょっと待ってて」

そう言い残し、一樹が店内に入っていく。

トイレにでも行ったのかなと梓が考えているうちに戻った一樹は、ミネラルウォーターのペットボトルを手にしていた。

「これでも飲んで少しアルコールを中和させた方がいい」

「おそ、ありがとうございます」

〝恐れ入ります〟と言いそうになり、慌てて言い換える。ペナルティだとまたキスをされたらかなわない。

ところが受け取ったペットボトルのふたが、なかなか開かない。手に力が入らないのだ。

「なんだ、開かないのか？　ほら、貸せ」

一樹がすかさず梓からペットボトルを奪い、キュッとひとひねり。すぐに梓の手もとに返された。

「重ね重ね、ありがとうございます」

座ったまま頭を深く下げる。

「こんなのも開けられないほど非力なのか、梓は」

「違うんです。いつもは重い荷物もへっちゃらなんです。りんごだって」

「つぶせるって？」

一樹が、ぷはっと噴き出す。

「あ、それは言いすぎました。ですが残念ながら、か弱い女ではありません。そうなりたいとは思っているのですが」

背が高いから、普通の女性が届かない位置にあるものも男性に頼まずともひょいと取れるし、カートを使わなくても、重い設計パーツだって運べる。

（……そうなのよね。私って、本当に女性らしさがないんだわ……）

改めてそう自覚し、梓はなんとなく落ち込んだ。

「かわいいな、梓は」

「へっ……？」

「だから、かわいいって」

車をバックさせながら、一樹がさらりと言う。

「……お願いですから、そう言ってからかうのはやめていただけないでしょうか？」

本気で自分がかわいいと勘違いしそうになる。

かわいいというのは、絵梨のようなふわっとした感じの女の子だ。同性の梓ですら、時々守ってあげたいと思う。

背が高くて髪はハリネズミ。おまけに堅物。絵梨と対極にいる自分がかわいいなんて、地球が反対に回ったとしてもあり得ない。

「何度も言うけど、俺は別にからかってないぞ」

「では、今後そのように言わないでいただけませんか？　調子が狂います」

「調子って梓の？　いいね、それ。梓の調子をとことん崩してみたくなる」

「あのですね、社長」

反論しようとした梓だったが、そこで言葉を止めた。勢いで〝社長〟と呼んだのだ。

どうか気づかないでと願ったが、一樹の横顔にニヤリという笑みが浮かぶ。

「ペナルティだな」

「うっ……」

もうなにもしゃべらない方がいいのかもしれない。口を開けばキスを呼び寄せるばかり。梓は唇を引き結び、もうしゃべらないぞと心に決めた。

「ところで梓は、あの一軒家に誰と住んでるの？」

バッグからスマートフォンを取り出し、メモ画面に【母と祖母との三人暮らしです】と入力。それを一樹に向かってかざした。

「なんで筆談なんだよ。運転中の俺が見られると思うのか？」

たしかにその通りだ。

「しゃべらない方がいいって？」

うんうんと大きく梓がうなずくと、一樹はククと肩を震わせた。

「そんな冗談はやめた方がいい」

【冗談じゃありません】と入力して、再び一樹に画面を向ける。

「だから、見られないって言ってるだろ。そんなふうにするなら、ペナルティを二倍にするぞー」

「えっ、二倍⁉」

梓の口から思わず声が出て、一樹が満足そうに笑う。

キスを二倍にするとはどういう意味なのか。梓にはさっぱりだ。

「で、誰と同居してるんだ？」

「母と祖母です。祖父は産まれる前に、父は私が小さいうちに亡くなりました」

梓は観念し、スマートフォンではなく口で答えた。

「そうだったのか。女三人でにぎやかそうだな」

「どうなのでしょう。普通だとは思いますが……」

父親が家庭にいる記憶は遥か彼方。男の人が家にいるイメージが湧かない。

「母は仕事で家にいない時間が多いので、祖母とふたりの方が多いです」

「じゃ、おばあちゃんっ子？」

「はい、大好きです。祖母からいろいろと教わりました」

母親ももちろん大好きだ。幼い頃から女手ひとつで梓と祖母の多香子を養ってきた陽子には、尊敬と感謝の念でいっぱい。そんな強い母親に自分もなりたいと、梓は常々思っている。

それ以前に、結婚できるかどうかの大問題はあるにせよ。

「しゃ、じゃなくて一樹さんはご家族と一緒にお住まいなんですか？」

うっかり〝社長〟と呼びそうになったが、すんでのところでこらえた。

「両親とひとつ年下の弟がいるけど、今はひとり暮らし」

「弟さんがいらっしゃるんですか」

一樹のプライベートを梓はなにひとつ知らない。ほかの社員はもしかしたら知っているのかもしれないが、豪快そうに見える一樹は、公ではあまり自分を語らない。

偽りの婚約者の役どころでなければ、一樹から家族の話を聞けなかっただろう。

「昨年の十一月に結婚したばかりの新婚」

「弟さん、ご結婚されたんですね。おめでとうございます」

そんなおめでたい話も梓は知らなかった。秘書をしている友里恵あたりは、把握しているだろうけれど。

「八月には子どもも生まれる予定だよ。俺もおじさんってわけだ」

「おじさんには見えないから大丈夫です」

三十二歳の一樹は大人の色香にあふれた男だ。豪快でパワフル。なにごとにも全力で立ち向かうバイタリティは、陰からとはいえ数々の仕事を見てきた梓にも目にまぶしいものがある。世間一般で言う〝おじさん〟の分類から極端にはみ出る男だ。

「そうか？　まぁ梓がそう言ってくれるなら、そう思おう」

一樹はうれしそうに目を細めた。

そうして話しているうちに、梓が見知った場所を車が走っていると気づく。梓の自宅がある町内だ。

「今夜はこれで解放してあげるとするか」

車がゆっくりと停車した。

この時間、陽子は小料理屋の仕事からまだ帰らない。当然ながら真っ暗な家は、玄関の外灯だけがオレンジ色に灯っていた。

梓が助手席でペットボトルやバッグを持ってもたもたしているうちに、一樹が外からドアを開けて左手を差し出した。ポカンと一樹を見上げる梓に、「手」と言いながら一樹が指先をひらひらとさせる。梓はその意味に気づくまで、数秒を要してしまう。

「ありがとうございます」

なんとなく照れる扱われ方だったが、一樹に手を重ねて車を降り立った。

一樹の車から少し離れたところに一台の車が停車して、ライトを消す。友里恵なのだろうが、なんともわかりやすい尾行の仕方だ。

一樹に買ってもらったミネラルウォーターのおかげか、ラウンジを出たときに比べて足もとがしっかりとしているのは自分でもわかる。

ところが、いよいよ門扉を開けて入ろうとしたところで鍵が見つからない。

「あれっ？」

「どうした」

バッグの中をごそごそとあさってみるが、いつも入れている小さなポケットにも見あたらない。

「鍵がなくて……」

多香子は入院中だし、陽子は店。このままだと家に入れなくなる。

梓がバッグの中身をぶちまける勢いで焦っていると、

「ひとつ聞いてもいいか？」

一樹が訝しげに言った。

「左手に持ってるのはなんだ？」

「えっ……。あ！」

そう言われて自分の左手を見た梓は、思わず素っ頓狂な声をあげた。左手がしっかりと握っていたのは、まさしくその鍵だったのだ。自宅の前に車が止まったときに、無意識にバッグから取り出したのかもしれない。

「す、すみませんっ」

穴があったら入りたいとの例えは、こういう状況を言うのだろう。自分の間抜けぶりが恥ずかしくて仕方がない。

しかもそんな失態を社長である一樹に見られるとは。仕事でも同様に抜けたところがあるのかと思われたかもしれない。

「しっかりしていそうで、意外とドジなところがあるんだな」

（あぁ……やっぱりそう思われちゃうよね。もうっ、一日の最後にどうしてこんな情けない失敗なんて……）

激しく後悔に襲われながら、梓は「すみません」ともう一度謝った。

「ごちそうさまでした。では私はこれで」

頭を軽く下げて門扉に手をかけたときだった。一樹に引き寄せられ、向き合う格好になる。

聞き返そうとした梓の唇は、一樹に塞がれた。

梓の手からバッグがすべり落ち、ペットボトルがコロコロと転がっていく。

触れるだけのキスは数秒。実際にはどのくらいの長さだったのか、梓にはもちろんわからない。離れた唇が、やけに熱を持っているように感じた。

「ペナルティ、きっちり科さないとね」

そう言って一樹は片方の目を瞑った。いわゆるウインクだ。

自然な仕草は、それをし慣れていることを物語っている。友里恵に見せるためのキスという側面もあるペナルティは、一樹にしてみれば、生活の一部のようなものなのだろう。女性とする挨拶の一環。もしくは一樹はキス魔なのかもしれない。

「あ、二回だったっけ?」

いったん離れたはずの唇が、もう一度重なる。

腰を引き寄せられ体の前面もぴったりと一樹と重なり、逞しい胸板を感じて頬が余計に熱を帯びた。

「じゃ、おやすみ」

「忘れ——」

「忘れ物」

一樹はそう言って手を軽く振り、運転席に乗り込んだ。助手席のパワーウインドウが下がり、そこからもう一度「じゃあな、梓」と声をかけてきた。

「は、はい。おやすみなさい」

ゆっくりと走りだした車を見送りながら、梓は〝お気をつけて〟と言えばよかったと後悔。

友里恵の車は、いつの間にかそこから消えていた。

救われたピンチ

一樹とホテルのラウンジに行ってから、早くも一ヶ月が経過した。仕事終わりに急にデートに誘われたり、一樹の言動は相変わらず唐突だ。

しかしそうして振り回されながらも、梓はそんな状況を意外と楽しんでいる。

梓の仕事はデザインチームをいくつかかけ持ちしているため、毎日そこそこ忙しい。

朝、パソコンを立ち上げてメールソフトを開くと、何件か受信しているメールのひとつに担当する結婚式場の案件があった。工事が始まり建築が着々と進められており、そのＣＧが送られてきたのだ。

早速ファイルを開いて確認していく。

それは一樹がデザインしたイメージスケッチや梓が準備をしたＣＡＤデータ、カラー見本などをもとに作られており、３Ｄのためその場にいるような感覚になる。

建物本体だけではなく周りの風景も写真で取り込んであり、景色とのマッチングも可能。今後はＶＲも用いて、さらなる臨場感を味わえるようにしていく予定だ。

「わぁ、梓さん、それって例の式場ですよね？」

通りすがりに絵梨が梓のパソコンを覗き込む。

「そうなの。たった今、外観と内装、両方のCGが送られてきたところよ」

「素敵ですねぇ」

絵梨がCGに見とれる気持ちは梓にもよくわかる。

チャペルと合わせて白を基調にした式場は、とにかく上品で繊細。高い窓から差し込む光まで再現され、白をさらに際立たせる。

天井には雲をイメージした照明がデザインされ、高台に建つ結婚式場は、まさに空に浮かんでいるかのように感じられるだろう。一樹がこだわり抜いて設計した式場だ。

現場にはまだ行っていない梓だが、完成が待ち遠しい。

「私もこんなところで式を挙げたいなぁ」

うっとりする絵梨に、梓もおおいに賛同だ。うんうんと大きくうなずく。

(絵梨ちゃんはともかく、私の場合、結婚は一生無理かもしれないけどね)

自分の花嫁姿はまったく想像できない。かわいらしくふんわりとしたウエディングドレスは、大女の梓には似合わないだろう。

そうして梓が仕事に取りかかっていると、にわかにデザイン企画部内に大きな声があがる。

「えっ、どういうことですか⁉」

驚いたような声でそう言ったのは三十歳の空間デザイナー、田部友成だ。今回の式場のメインデザイナーは一樹だが、田部もアシスタントとしてかかわっている。

他社のデザイン事務所から転職して二年だが、一樹も信頼を置いている人物である。肩まであるワンレンの髪をひとつに縛り、ヨーロッパの彫刻のような彫りの深い顔立ちをしている。

いったいなにがあったのだろうかと、部署内の視線がいっせいに彼に注がれた。

「いえいえ、そんなはずは……」

田部は狼狽しながらマウスを操作し、パソコン画面に設計図を表示させる。梓の席から見えるそれは、例の式場のものらしかった。

背を向けていた田部が梓に振り返る。

(えっ……。なんだろう)

揺れる目をした田部の不安が、梓にまで伝染する。

なにかミスを犯してしまったか。

電話を切った田部が梓のもとへやって来た。険しい顔が嫌な予感を抱かせる。

「式場の最終設計図を送ってくれたのって、佐久間さんだよね？」

「はい、そうですが……？」

絵梨に頼んだとはいえ、梓の仕事である。その設計図がどうしたのだろう。

「違うデータを送ってない？」

「違うデータ、ですか？　いえ、そんなはずは……」

そう思いたいが、最後の確認を自分でしていないため、梓も自信満々というわけにはいかない。横目にチラッとだけ見た絵梨は、慌てたように「えっ、嘘」と小さくつぶやいた。

「現場でシュプリームウエディングの社長が、『そこは違う』って大騒ぎしているらしいんだ」

それはただごとではない。

田部によれば、社長である流川から披露宴会場のエントランスにあるスロープのコーナーを直角から曲線に変更するよう要請があり、設計士が設計図を修正したという。その設計図は当然ながら梓宛に最終図面として送信されており、差し替えがなされているはずだと。

梓もその点は記憶にある。あの日、送られてきた設計図で大きな変更点があるのはそのくらいだったはずだ。

「すぐに確認します」

とにかく確かめてみなくては。

梓がそう伝えると、田部は「急いでお願い」といったん席へ戻った。

「絵梨ちゃん、送信したメールってまだ残ってる？」

田部や周りに気づかれないよう、こっそり絵梨に尋ねる。絵梨は「検索してみます」と真剣な表情でパソコン画面に見入った。

数分後、絵梨の口から「あっ……」と、悲鳴とも泣き声ともつかない声が漏れる。

「どうしたの？　メールはあった？」

「どうしよう、梓さん……」

絵梨がすがるように梓の手を掴む。その様子から、状況が悪い方へ転がっているのはわかった。

「設計図はちゃんと送られてた？」

「……はい。ですが、最新の設計図じゃなくて、前回のものを添付してしまったみたいなんです」

なんと、修正以前の設計図を送ったらしい。

眉尻を下げた絵梨は今にも泣きだしそうだった。顔は真っ青だ。

「そうだったのね」

最新のものが送られていなければ、現場で直角のスロープになっているのもうなずける。それを見た流川が、設計図と違うと意見するのは当然だろう。お互いに見ているものが違うのだから。

「私、田部さんに言ってきます」

「ううん、本をただせば私の仕事だから。私が報告するわ」

立ち上がりかけた絵梨を引き留め、梓がそっと微笑む。絵梨に任せ、その後のチェックを怠った梓の責任だ。

「でも……」

「大丈夫。絵梨ちゃんは心配しないで」

梓は絵梨の肩に優しく手を置き、田部のもとへ向かった。

「田部さん、申し訳ありません。設計図の送信を誤ってしまいました」

「ええっ？ 違う設計図を送ったの？」

「修正前のものでした。本当に申し訳ありません」

頭を深く下げる梓に、部署内からの視線が集まった。

「うわぁ、マジか……」

田部の表情が固まる。血の気が引き、絵梨同様に顔面蒼白だ。

とにかく現場に一本電話を入れなければならない。梓が田部のデスクの電話を借りようと受話器を上げたときだった。

「流川社長から連絡をもらったんだけど、いったいなにがあった？」

デザイン企画部のドアが開け放たれ、一樹が中へ入ってきた。一樹のもとには流川から直接連絡がいったようだ。

田部のデスクへ一直線に進んできた彼に、梓がすかさず頭を下げる。

「申し訳ありません！　私の不手際で先方に修正以前の設計図を送っていました」

「佐久間さんがそんなミスを？」

一樹は信じられないといった様子で、目を大きく見開いた。

これまでミスがなかったわけではない。今回のように添付ファイルを間違えて送信した経験もある。でも、直後に間違いに気づいて差し替え、大きなトラブルにつながりはしなかった。

これは、絵梨に依頼したきりチェックを怠った梓のミスである。会社にとっても一樹にとってもこれまでになく大きなプロジェクトに、重大な失態を犯してしまった。

「本当に申し訳ありません！」

再び深く頭を下げる。謝る以外に、今の梓にできることはなにもなかった。

「とにかく事態の収束が先決だ。俺はこれから現場に向かうから」

「私も行きます！」

「いや、キミは大丈夫だ」

一樹は真顔でそう言うが、梓も引き下がれない。自分が招いた重大ミスの処理を一樹ひとりに押しつけたくはない。それは社長であれば当然なのかもしれないが、それでもそうしたくなかった。

「いえ、行かせてください！　お願いします！」

何度も懇願する梓に根負けしたか、最後には一樹も「よし、じゃあ一緒に行こう」と折れた。

下に車を回すから、すぐに下りてくるようにと言い残し、一樹がデザイン企画部を出ていく。梓はデスクのうしろのキャビネットからバッグを取り、パソコンをシャットダウンした。

「梓さん、すみません、私……」

「大丈夫よ、絵梨ちゃん。私、ちょっと行ってくるわね」

絵梨が悪いわけではない。

声と体を震わせる彼女の肩を優しくさすり、「行ってきます」と一樹を追った。

エレベーターから降りて小走りにエントランスを出ると、ちょうど一樹の車が前に横づけにされた。

「失礼します」

ひと言断り、助手席に収まる。

「ちょっと飛ばしていくぞ」

一樹も気が急くのだろう。早いところ駆けつけて、事態を収束させたい。責任を持って受けた仕事なら当然だ。

自分はなんて大変なことをしてしまったのだろう。あのとき、最後まで責任を持ってメールを送っていれば。せめて翌日、絵梨が送ったメールを確認させてもらえば。

そんな後悔が頭の中をぐるぐると駆け巡る。

(このまま工事が中断されたり、流川社長の機嫌を損ねて中止になんてなったらどうしよう……。一樹さんの挑戦を私がつぶすことになるし、損害賠償が発生したら……)

考えれば考えるほど、恐ろしさに包まれていく。体が震えて止まらない。

梓が自分を抱くように腕を縮めていると、一樹が梓の肩をトントンとした。

「心配するな。大丈夫だ」

力強い言葉で梓を励ます。梓の大失態で窮地に立たされているのに、その張本人を元気づけようというのだから。なんて強い人なのだろう。

不思議だが、一樹からそう言われると心が少しだけ軽くなる。決して楽観視できる状況ではないが、その言葉にならすがりつける気がした。


一時間後、到着した現場に一樹と梓は降り立った。

重機の動く音や金属のぶつかり合う音が、小高い丘に響く。中はまだ手つかずだろうが、建物の外観はほぼできあがっているように見える。白い外壁が青い空に映え、想像していた以上に美しい。

「久城社長、お待ちしておりました」

建物の裏手から現れたのはシュプリームウエディングの社長、流川だ。

口もとに笑みをたたえているが表情は硬い。眼光の鋭さは隠しようがなく、つい目を逸らしたくなる。整髪料できっちりと固めたミディアムの黒髪が几帳面さを表している ように見えた。

二十代半ばに起業し、今やブライダルプロデュース業界ではトップクラス。一樹と同年代のやり手である。

どちらも背が高く放つオーラが華やかなためか、ふたりが並ぶと妙に絵になる。

体のラインに沿ったスーツが黒いせいか、梓は流川から威圧感を覚えた。それはおそらく、ミスを犯した引け目があるためでもあるだろう。

まずは謝らなくては。

「このたびは――」

梓が謝罪を口にして頭を下げようとしたところで、一樹に手で制された。

「流川社長、今回の不手際につきましては大変失礼いたしました。申し訳ありません」

両手を脇に揃え、一樹が首を深く垂れる。少しうしろで、梓もそうした。

「頭をお上げください」

艶やかで落ち着き、決して怒っている声色ではないが、だからといって許されるものではないだろう。シュプリームウエディングにとっては初の式場建設。当然ながら力の入れ具合が半端ではない。

一樹の手がけるデザインに惚れ込み、立地から内装までのすべてを依頼したのだ。そこでミスを犯されてはたまったものではないだろう。

「こちらにもまったく非がなかったわけではありません。最終段階の設計図で手を加えたのですから」

流川がため息交じりに目を伏せる。

「いいえ、きちんと手順を踏んだうえでの変更だったのですから、全面的にこちらのミスです。本当に申し訳ありませんでした」

一樹は再び腰を直角に折った。

潔く過ちを認め、謝罪する姿に梓は胸を打たれる。しかも自分ではなく部下のミスだ。梓を一緒に謝らせるのではなく、自分ひとりが盾になる。そんな一樹に心が大きく揺らいだ。

「現場サイドにはすぐに施工しなおすよう、私から手配いたします。流川社長はなにも心配なさらないでください」

きっぱりと断言する。その姿勢から強い意思を感じた。

「こちらの希望通りに修正してくださると思っていいのですか？」

「もちろんです」

「そうですか。それでは私といたしましても、久城社長にお任せしたいと思います」

一樹の申し出で安心したのか、流川の表情がやわらかくなる。もしも工事のやりなおしを提案せずに現状維持を願い出ていたら、そうはいかなかっただろう。

ただ、一樹も謝罪だけにとどめはしなかった。シュプリームウエディングで計画のある次の式場建設も、クレアストフォームに任せてほしいとのアピールを忘れない。

流川が「そのつもりです」と答えるあたり、一樹の才能に相当惚れ込んでいるのだろう。

「ありがとうございます。では急ぎますので、私どもはこれで失礼します。のちほどまたご報告いたしますので」

流川から差し出された手を握り、しっかりと目線を合わせてからさっそうと足を出す。梓もその後を追った。

披露宴会場のエントランス前はすでに基礎工事が終わり、ナチュラルな色合いのタイルテラスを張る段階。誤って送った設計図通り直角のスロープになっている。その現状を目(ま)のあたりにし、自分のミスの重さを感じた。

「高橋(たかはし)さん、お疲れ様です」

作業中の部下たちに指示をしている男に向かって一樹が声をかける。年は四十歳前後。何度となくクレアストフォームの仕事を引き受けている、建設会社の現場監督である。

「久城社長、わざわざ遠くまで、お疲れ様です」

高橋はかぶっているヘルメットを軽く持ち上げ、日に焼けた顔に白い歯を見せた。ところが一樹が本題に入ろうとした途端、真顔になる。

「このスロープの件なんですが」

「こっちは設計図通りにやったんですけどね」

梓たちがここへ到着する前に流川とひと悶着あったのだろう。顔から不満が見てとれた。

ここでも一樹は「ご迷惑をおかけして申し訳ありませんでした」と、梓が謝ろうとするのを先回りする。出すぎた真似は逆効果かと、梓はその様子を黙って見届けた。

「このスロープを造りなおしていただけませんか？　S字にしたいんです」

「だけどねぇ……」

高橋が腕を組んで考え込む。一樹の方が立場的には上だろうが、状況からすると高橋に分がある。

険しい表情を浮かべる高橋を前にして、梓だったら怯んでいたかもしれない。しかし一樹には引くつもりはないようだ。真剣なまなざしは横から見ている梓もたじろぐほど。それを真正面から受け止めている高橋も、おそらく梓と同じだろう。

「高橋さんの仕事にはなんの問題もありません。あきらかにこちらのミスです。ですがやはり、このまま工事を進めるわけにはいきません」

決して威圧的ではないが、真摯な中にも強い決意を感じさせる言い方だった。

完成まであとわずかとなれば、施工業者としてもやりなおしは極力避けたいだろう。その分工期も伸び、費用も上乗せになる。

「どうかよろしくお願いします」

一樹に倣って、梓も平身低頭した。

しばらく「うーん」と唸っていた高橋が軽く息をつく。

「まぁね、久城社長にそう頭を下げられたら、我を通すわけにもいかなくなるけど。うちとしても施主の意向と違うものを造るのは本意じゃないし」

「では、やりなおしをしていただけますか」

「そうするしかないだろう？　このままじゃ施主さんも納得しないだろうし。どこにも負けない結婚式場を造りたいって、さっきも言われましたしね」

「我々は高橋さんの力を必要としています。こちらの手違いですから、私の方といたしましても手を尽くす所存です」

費用面も工期もなんとかするつもりで言っているのだろう。会社に多大なる損失を負わせたのだと、梓は改めて思い知る。

「そこまで言ってもらってやらないわけにはいきませんよ。あぁもう久城社長にはかなわないな、まったく」

高橋はやれやれといった様子で現場のスタッフに早速指示を飛ばす。

一樹と流川の熱意が通じ、梓たちをひとまず安堵が包んだ。


その後、現場を先に発った流川に電話で状況を報告し、梓は再び一樹の運転する車に乗り込んだ。

「社長、本当に申し訳ありませんでした」

走りだした車の中でもう一度謝罪すると、一樹が梓を横目で見て顔を綻ばせる。

「あっ、社長って言ったな」

冗談めかして言うが、今の梓にはそれに反応する元気がない。とにかく申し訳なさでいっぱいなのだ。

「もう解決したんだ。落ち込む必要はないだろ」

運転席から手を伸ばして、一樹が梓の頭をポンポンとする。

その手と言葉のあたたかさに胸がじんじんした。

「ですが、私のミスなのに社長を謝らせてしまいました」

「そんなのあたり前だろう？　社員のミスは社長である俺のミス。社員を守るのが社長の役割でもある。みんなと会社のために頭を下げるくらい、どうってことはない。それはもちろん、こっちに非がある場合に限るぞ。悪くなかったら徹底的に相手をつぶしにかかるからな」

一樹は茶化すように言いながら左手で拳を作り、手のひらのものをつぶすかのように握りしめた。

守るべき存在のためなら、頭を下げるのもいとわない。強い男とは、こういう人をいうのではないだろうか。

自分の立場や権利を振りかざすばかりではなく、間違いも潔く認められる。

梓が現場へ行ったところでなんの役にも立たなかったが、そんな一樹の姿を見られたのは意味のあるものだった。

「本当にありがとうございました」

「梓だから一生懸命だったってのもわかってくれよ？」

「ま、また、そうやってからかうのはおやめください」

「からかってないって。ちなみに〝社長〟って二回言ったのも忘れるなよ？」

そう言って一樹はいたずらっぽく笑った。

遠い過去の不思議な縁

三十五階にある休憩室で絵梨とお弁当を食べていると、梓のスマートフォンの着信音が鳴り始めた。

クレアストフォームには社員食堂がないため、社員は弁当を持参するか外食するかのどちらかになる。梓はたいてい作って持ってきているが、絵梨はほかの同僚たちとランチに行く日もある。

その画面に表示された名前を見て、梓は文字通り飛び上がった。一樹だったのだ。おかげで椅子がガタンと鳴り、絵梨に「大丈夫ですか？」と心配されるはめに。

「大丈夫よ」

澄まして答えたが、心は大きく動揺。会社で一樹からの電話を受けるヒヤヒヤ加減といったらない。

土日返上で式場関連の仕事で忙しくしている一樹とは、一週間前の設計図のトラブル以降外で会っていないが、たまにかかってくる電話で他愛のない話をしている。

「……はい、佐久間です」

席を立ったり絵梨に背を向けたりしてはかえって怪しまれると思い、梓はそのまま応答した。

『明日の予定は？』

挨拶もなしに唐突に聞かれ、頭が混乱する。それでなくても相手は一樹。目の前の絵梨も気になり、梓は手に汗を握った。

「あぁえっとそうですね……とくには……」

強いていえば多香子の見舞いに行こうかと考えてはいるけれど。

『それじゃ、午後一時に自宅に迎えに行くよ』

「はいっ？　迎えって……」

もしかして自分を？と梓が聞き返す。

『デートしよう』

「デ、デートですか⁉」

思わず声が出て、向かいに座る絵梨も「デート？」と目を丸くした。しかもキラキラと顔まで輝かせる。

『そう、デート。映画でも観に行こうかと思ってね』

映画デートなんて、もちろん梓はした経験がない。いや、デートと呼ばれるものだって、一樹と行ったラウンジが初めてだったのだ。

『梓はなにか観たいものはないか？』

いきなりそう聞かれ、答えられるはずもない。頭の中は半ばパニック状態だ。

（土曜日の午後のデートなんて……！）

まさに恋人同士がやるような日常が、梓の胸を大きく揺さぶる。

「そうおっしゃられましても……」

話題の映画がなにかもわからず、言葉に詰まった。今この場で一樹に電話を待ってもらって絵梨に聞こうかと思ったが、さすがにそうもいかない。

とにかくテンパった梓はあたふたと、自分でも笑ってしまうくらいに取り乱した。

『それじゃ、明日までに決めておいてくれ』

「で、ですがっ……」

『社長、この後の来客ですが』

ふと電話越しに友里恵の声が聞こえ、梓は冷静になっていく。

（……あ、そうか。三島さんのいるところで、わざと電話をしてきたんだ。いかにも婚約者や恋人との会話を聞かせるために）

そう思い至り、なぜか胸の奥がチクンと痛んだ。

切れたスマートフォンをバッグにしまい、なにもなかったかのように箸を動かす。

「ちょっとちょっと梓さん、今の電話誰からですか？　デートってなんですか？」

ウキウキしながら絵梨がテーブルに身を乗り出す。

「ち、違うの。デートって……日付なの」

「えー？　嘘だぁ！　それなら日付とか日程って言いますよー」

苦し紛れのごまかしは、さすがに絵梨には効かないらしい。

でも、絵梨に真実を言うわけにはいかない。

「本当なの。私のおばあちゃん、入院してるでしょう？　お見舞いに行ってくださるって方がいて、その方がいつにしましょうかって、ね」

おかしい自覚はあったが、梓はそう言って自信ありげにゆったりと微笑んだ。余裕ぶって見せなければ、絵梨に根掘り葉掘り聞かれるだろう。

そうでなくても梓に恋愛経験がないのは、絵梨には既知の事実。男の人の話題が出るだけで興味津々になるだろうと察しがつく。それが社長の一樹だとバレようものならば……。

梓は想像するのも怖くて、首を横にふるふると振った。

「まぁそうですよね。地味なお弁当を食べている梓さんとデートは、ちょっと結びつけられない」

「それはちょっと言いすぎじゃない？」

もちろん本気で怒ってはいないが、絵梨に軽く釘を刺す。

梓のお弁当にはきんぴらごぼうやひじきの煮物、それから五目煮豆が詰められている。見た目は地味かもしれないが、多香子から教わった大事なレシピだ。

「えへへ。ごめんなさい。梓さんがその気になれば、男の人なんて選び放題ですよっ」

ペロッと舌を出して絵梨がおどけながらお世辞を言う。

そんな仕草もかわいく決まるのは、絵梨ならでは。試しに自分がそうしたところを思い浮かべて、梓は苦笑いだった。

「それはオーバーよ」

「いえいえ、これは本当です。梓さんが本気で彼氏をゲットしようと思っていないだけですし」

本気でゲットしようとは、たしかに思っていない。その前の〝私には無理〟というフェーズにいる。

「それでそのおばあちゃんの容態はどうですか？」

「うん、おかげさまで安定しているみたい。一年前に手術を受けたから、大事を取ってっていう入院だしね。深刻なものではないの」

「そうですか。早く退院できるといいですね」

（本当に早く退院してほしいな）

なにしろ帰宅したときに誰もいないがらんどうの家は、外気温より一度、いや二度は低く感じる。"ただいま"と言っても、当然ながら誰も返してこない。

そんな寂しい毎日は、梓が生まれてからそうそうない。たった一度だけあるのは、多香子が手術のために入院していたときだ。

多香子がいたからこそ、自分は寂しい思いをせずに生きてこられたのだと、しみじみ思ったのだった。

翌日の朝。梓はクローゼットの中にある洋服を片っ端から出し、鏡に向かって組み合わせを考えていた。

（休みの日のデートって、なにを着たらいいの？）

誰かに相談したいのはやまやま。でも、おもしろがられるのがわかっているため、仕方なしにあれこれとひとりで悩む。

なにしろ普段からアースカラーや黒っぽいものが多いため、デートという華やいだ印象の洋服を持っていない。鏡の前でどれを合わせても、うーん?と首をかしげるばかりになる。

それも相手が一樹なのだから、ますます困った状態だ。

社長の隣に並ぶ女性なら、きっとセンスがあって洗練された洋服を着るだろう。残念ながら、梓にそんな洋服はない。

(今から買い物に行って調達する?)

そうも考えたが、そもそも自分は偽りの婚約者だと思い出した。そこまでする必要はないだろう。

少しでも浮かれた自分が、なんだか哀れな気がした。

さんざん悩んだ揚げ句、ワッフル素材でベージュ色のワンピースを選んだ。ウエストに同素材のベルトが巻かれた、ひざ丈のありきたりなワンピースだ。

これが今の自分にできる、最もデートらしい格好。ベストオブベストである。

足もとはストラップのついたぺったんこのパンプスを合わせた。

店で仕込みのある母、陽子が家を出たのが待ち合わせ時間の十分前。一樹と鉢合わせするのではないかとハラハラしたが、なんとかそうならずに済んだ。

男の人が梓を迎えに来るなど、これまでに一度もない。そんなところに遭遇したら、陽子はそれこそ赤飯でも炊くほど喜ぶだろう。

（でも、本物じゃないものね。ぬか喜びなんてかわいそう）

なんとなく落ち着かない気持ちの梓が玄関で待っていると、スマートフォンが着信を知らせて震える。画面に〝久城一樹〟の文字が浮かんだ。

指をスライドさせて耳にあてると同時に『今着いたよ』と、一樹の声が聞こえた。

「すぐに出ます」

そう応答してから玄関を開ける。門扉の向こうに真っ赤な高級車が見えて、わけもなく鼓動が弾んだ。

車から降り立った一樹は、ベージュ色のチノパンにグレーのカーディガンを羽織り、インナーに黒いシャツを覗かせたコーディネートだった。

シンプルなのにおしゃれに見えるのは、一樹の醸し出す大人の魅力のせいだろう。意図せず合わせたような色合いが、なんだか気恥ずかしい。

「こんにちは」

うつむきつつ挨拶をすると、一樹は微笑みながら梓の腰にそっと手を添え、助手席のドアを開けた。

一樹の車に乗るのは三度目だが、やけに緊張するのはどうしてなのか。

「なんの映画を観るか決めた？」

「あっ……」

走りだしてすぐに一樹に聞かれ、梓はドキリとして口に手をあてる。洋服にばかり気を取られ、なにを観るか決めるのをすっかり忘れていた。

「その反応だと決めてないな」

一樹がクスッと鼻を鳴らす。

「すみません。別な方に気を取られて……」

「別な方？」

「はい、なにを着たらいいかなって悩んでしまって」

そうしているうちに昼ご飯も食べ損ねた。空腹でおなかの虫が騒ぎださないよう祈るばかりだ。

「ずいぶんとかわいいことを言うなぁ。俺を煽ろうとして言ってる？」

「いえっ、そんなつもりは全然」

煽るとはいったいなんだろうか。かわいいことを言った自覚は梓にない。

それどころか、優柔不断で決断力のなさをひけらかしたような気がする。

「俺とのデートになにを着ようか悩むなんて、うれしいじゃないか」

「あっ、えっとそうではなくてですね、あまり洋服を持っていないうえに、デートもろくにした経験がないというか」

情けない話を暴露したなと思ったが、ここで男慣れしていると嘘をつくよりはいい。

(それに、あきれられるのは想定済みだしね)

今さらカッコつけたって仕方がない。

「それじゃ、俺と行ったラウンジのデートが初めて?」

「お恥ずかしながら……」

デート慣れしていないと知っておいてもらえば、なにか粗相があっても大目に見てもらえるだろう。

「これまでに恋人は?」

「それも実は……」

「いない?」

首をカクンと前に倒して〝はい〟と答えた。

男のひとりも知らずに今まで生きてきたのかと、一樹はさげすんだだろうか。

でも、偽りの婚約者として失格だと思われるなら、その方がいい。この場で車を降ろされたとしても、梓は恨むつもりも憎むつもりもない。

ところが一樹は、梓が想像していたものと違う反応だった。「そうなのか」と言った声が、どことなく弾んでいるような気がする。

（もしかして……からかうにはおもしろい相手だと思われたのかな……）

そうだとしたら、それはそれでショックだ。

「よし。それじゃ、記念すべき初めての映画デートだ。楽しんでいこう」

思わず〝オー〟と言って腕を突き上げたくなるような言い方だった。

「ところで梓、この前の設計図の送信ミスなんだけど」

いきなり話題が仕事に逸れ、頭の切り替えに少々手こずる。それを持ち出されると胸がとても痛い。楽しい空気の中で思い出すのは、できれば避けたかった。

「あの件は本当に申し訳ありませんでした」

「いや、それはもういいんだ。そうじゃなくて、あれ、梓のミスじゃなかったんだな」

「……え？」

「高杉が俺に謝罪に来たよ。『あれは佐久間さんのミスじゃないんです』ってね」

なんと絵梨が一樹のところに行ったらしい。あの一件は梓の不手際でカタがついたはずだった。梓もそれでよかったのだ。

「ですが、もともと私がやるべき仕事だったんです。それを彼女に押しつけて、その後のチェックもせずにいたために起きたトラブルだったんです」

いい子ぶるわけではないが、絵梨のせいにするつもりは梓にない。それを一樹に伝えるつもりもなかった。

「梓らしいな」

一樹はそう言って優しく微笑んだ。

(私らしいってなんだろう。真面目すぎるって言いたいのかな)

でもやはりどう考えても絵梨ではなく、梓のミスなのだ。そこは譲れない。

ただ、絵梨の正直さと謙虚さに胸が熱くなる梓だった。

車の中でさんざん迷った揚げ句、映画はアクションものを観ると決定。寄せ集めの悪党たちが世界を救う、コメディ要素もある映画だ。今、劇場でも人気があるらしい。

映画館が入っているビルの地下駐車場に車を停め、梓たちはエレベーターに乗り込んだ。

目的の階に到着し、一樹に肩を抱かれてエレベーターから降りると、梓は足にふと違和感を覚えた。見てみれば、パンプスのストラップが外れているではないか。

「ちょっとすみません」

ひと言断って立ち止まり、よくよく見てみると、留めていたボタンが単に取れたわけではなく、根もとの方がはがれたような状態だった。

いっそストラップ自体を取り払ってしまおうかとも思ったが、さすがにそこまでの怪力ではない。

「どうかしたのか？」

「パンプスが……」

梓がそう言った途端、一樹がその場にしゃがみ込む。

「これが取れたのか」

「大丈夫です。このままでも歩けなくはないですから」

ストラップがひらひらするし、甲が浅めのためかかとがパカパカしそうだが、履いていられないわけでもない。

「それで大丈夫なわけがないだろ。映画の前に買い替えよう」

「えっ？」

一樹はそう言うなり、梓の手を取ってエレベーターに再び乗り込んだ。

「どこへ行くんですか？」

「どこって、靴屋に決まってるだろ」

「ですが」

「ですがもへったくれもない。それじゃ歩きにくくてしょうがないだろ。やせ我慢するな」

そうまで言われれば、梓はなにも反論ができない。

「たしか、この近辺にあったはずだ」

車に乗るのかと思いきや、一樹は一階でエレベーターを降りてビルから外へ出た。

手を引かれてズンズン歩く。かかとは馬の蹄（ひづめ）のようにパカパカしていたが、なんとか早足の一樹についていく。

「あぁ、ここだ」

ふと立ち止まった一樹が、いきなり左へ方向転換して店のドアを開けた。

（えっ、ここって……）

ガラス扉を抜けた先に、光で満ちた店内が現れる。黒い壁がシックで、並んだ靴たちがよりいっそう高級そうに見える。どの靴も〝私を見て〟とばかりにアピールしているようだった。

梓には縁もゆかりもない、高級ブランド『ブライトムーン』の店だ。

「一樹さん、私、こんな高い靴は……」

「いいからいいから」

「ですが、払えないです」

外出する前に確かめた財布の中身を思い返す。

なにかあったらと思い、いつもより多めにお金を入れてはあるが、高級ブランドのパンプスを買うにはほど遠い。

「そんな心配はしなくていい」

戸惑う梓に一樹は素知らぬ顔。陳列されている商品を手に取って物色し始めた。

(やだ、どうしよう……)

一樹が言い出したら止まらない性質なのは、偽りの婚約者を演じるようになったときから梓も知っている。

かといって、ここでパンプスを買ってもらうのはどうなのだろう。それも高級品だ。梓のような一般庶民が店内にいるのも、ましてや試着するのも憚られるようなブランド。梓は肩身が狭くて、一樹のそばで小さくなっているしかなかった。

「これなんかどうだ？」

一樹が手に取ると、すかさずスタッフが「そちらは今年の春の新作です」と近づいてきた。ブラックスーツに身を包み、髪をきっちりとまとめた美女だ。

この店にふさわしく気品に満ちあふれていて、引け目を感じる。

そのパンプスは目の覚めるような赤で、アッパーからバンプにかけてメッシュ素材でできている。グログランの縁どりも施され、同じメッシュ素材でかたどられた花のアクセントがかわいらしい。

ただし、難点がひとつだけある。

「そのヒールは高すぎます」

ハイヒールだったのだ。

「そうか?」

「七センチのヒールですから、そこまで高くはございませんが」

一樹とスタッフに揃って言われ、タジタジになる。

「私、ハイヒールを履いた経験がないんです」

「なんで?」

「なんでって……。身長が高いからです」

察してよと思いながら、ぼそぼそと答えた。

「高い?　まぁたしかに小柄ではないけど。とにかくちょっと履いてみて」

「ですが……！」

拒むのは時間の無駄だと頭の隅でわかっていた。梓がいくら拒絶しようが、一樹はきっと試着させるだろう。

そうはいっても、これまでかたくなに履かずにきたハイヒールを試してみるには、かなりの勇気と根性が必要だ。梓の心の中に根深く居座るコンプレックスのひとつなのだから。

「ほらほら。映画の時間が迫ってるぞ。サイズは？」

そう急かされれば、これ以上嫌だと駄々をこねているわけにはいかない。

いい大人の女が、履く履かないで言い合いになるのはカッコ悪いし、観ようとした映画を逃すのも避けたい。

「二十四センチです」

梓はしぶしぶ答えて椅子に腰掛けた。

壊れたパンプスを脱いで、美しいデザインのものに足をすべらせる。すると、硬そうに見えたインソールが意外とやわらかく、フィット感が気持ちいい。

「立ってみて」

一樹に手を貸してもらい、ゆっくりと立ち上がる。ぐんと上がった視界が、これまでの位置よりかなり高い。

ヒールを履いた梓の身長は百七十五センチを優に超えているはずだが、隣に立った一樹はそれよりもまだ高かった。

「見てごらん」

そう言われておずおずと鏡を見る。

するとそこには、すらりとした自分の姿が映っているではないか。膝から下がものすごく長く見える。

高級ブランドの赤いハイヒールのおかげで、そこそこの値段だったワンピースがランクアップして見えるから不思議だ。

「お客様は手足が長く、スタイルがとてもよろしいですから、このパンプスがとても映えますね」

「そ、そうでしょうか……」

そう言ってもらえるのは初めてだ。これまでは、どうしたら背が低く見えるかを最優先に選んできたから。

「よく似合ってる」

鏡越しに一樹が微笑む。

「……ありがとうございます」

恥ずかしくてうつむくと、一樹は「このまま履いていきます」とスタッフにお願いし、すばやく会計を済ませた。

履いていたパンプスは、そのまま店で処分となった。

初めてのハイヒールは、とても歩きにくい。なにしろ七センチの高さは初体験。ぎこちない歩き方になるのも仕方がないだろう。

危なっかしいと思われたのか、肩を抱くようにして一樹に支えられたので、なんとか歩いているような状態だ。ただ、そのパンプスのおかげで少しだけ自分がいい女になれたような気がして、梓はちょっぴり誇らしかった。

映画館に到着すると、上映時間まであと十分に迫っていた。

ほかの観客の列に倣って進んでいくかと思いきや、一樹は途中で左に逸れる。トイレかと思ったら重々しいドアを開けて、梓を中に入らせる。

そこに足を一歩踏み入れた梓は、思わず「わぁ」と声を漏らした。プライベートルーム型のバルコニー席だったのだ。

丸いフロアライトが灯り、座り心地のよさそうなソファとオットマンが置かれている。黒で統一されたシックな空間だ。

「どう？　気に入った？」

「はい、とっても」

「実はここ、会社を始めて間もなくの頃、俺がデザインを担当した映画館なんだよね」

「そうだったんですか」

そういえば、施工実績の中に映画館があったのは梓の記憶にもある。天井はドームハウス風に丸みを帯びていて、やわらかな曲線を描いたアール状。空間全体が直線ではなく曲線でできており、上質なくつろぎを与えてくれそうだ。

「素敵ですね」

「だろう？」

一樹自身でも、大満足のデザインなのだろう。自信ありげに笑った。

豪華なソファに並んで腰を下ろすと、ほどなくしてドリンクが運ばれてくる。

一樹が前もって頼んでおいたのだろうか。フレッシュジュースと有名な高級チョコレートだ。

一樹は運転しなければならないし、梓はこの前のように酔っては困るとの計らいで、ジュースを選んだのだろう。

ほかにもなにか必要か尋ねられ、梓は思わず「ポップコーンをください」とねだった。やはり映画といえばはずせない。

それを見て、一樹はクスッと笑った。

スクリーンに映画の予告編が映し出され、いよいよ鑑賞タイムがスタートする。

ラグジュアリーなスペースで映画を観るのは初めて。梓は最初こそ落ち着かずにどこかそわそわしていたが、次第に映画に引き込まれていった。

そうして中盤あたりまできたとき、ふと一樹に手を握られていると気づく。いつからだったのか、映画に集中していたため、まったくわからなかった。

(手を握られていても気づかないなんて、私の神経はどうなってるの？)

しかも〝恋人つなぎ〟だ。指を絡められても感じないとは。

そうして手をつながれていることを知ってからの梓は、今度は映画が目にも耳にもまったく入らなくなった。ドキドキと高鳴る胸をどうにも抑えられない。

一樹を社長として尊敬しているが、それとは違う感情が芽生えそうで怖くなる。

ところが梓が横目で見た一樹ときたら、それはまったく気にもならないらしく、スクリーンを真っすぐ見て、映画を堪能している。

（どうして私ばっかり……）

そう恨み言を思っても、しっかりとつながれた手がほどける気はしない。梓が少しでも動かそうものなら、すぐにぎゅっと握ってもとの位置に戻すのだ。そのうえ、ときおり指先で梓の手をくすぐる。

そうされて映画を観ていられるわけがない。結局梓は中盤からラストにかけて、映画の内容が全然頭に入ってこなかった。

激しいアクションシーンを観ているはずが、神経が手に集中しているため視線が向いているだけ。耳に入る大きな音も、ほとんどがシャットアウトされたようだった。

エンドロールが終わり、場内が明るくなると、一樹は手をほどいて大きく背伸びをした。

「おもしろかったなぁ。ラスト目前のティガーのアクション、あれは圧巻だった。さすがアクション俳優ナンバーワンと呼ばれるだけはあるな」

そんなに素晴らしいアクションなら、ぜひとも見たかったと思っても後の祭り。

「そうだったんですか」

「そうだったんですかって、なんだよ。ちゃんと観てなかったのか？」

「……はい」

目を真ん丸にする一樹を見て、梓がシュンと肩を落とす。本当に残念でならない。

「眠ってたのか？」

「違います。一樹さんが手を握ってるから……」

「……へ？」

「一樹さんに手を握られていたので映画に集中できなかったんです」

どうせならラストまで気づかずにいたかった。途中で気づく中途半端な集中力なら、こんな場で必要ない。

一樹はまばたきをしてあぜんとしたかと思えば、ふっと笑みを漏らした。

「あのさ、それ、計算して言ってる？」

「……計算ですか？」

なんの話をしているのかわからず、今度は梓が目をぱちくりとさせる番だった。

「ったく、なんなんだよ」

一樹はせっかく綺麗に整えてある自分の髪を手でくしゃっとかき回しながら、鼻を鳴らした。

なにかにいら立っているのか、それともおもしろがっているのか。その仕草と顔では、梓には判断がつかない。

ポカンとしているうちに一樹に引き寄せられ、すばやく唇を奪われた。

「んっ……!?」

驚いて梓の唇の端から声が漏れる。不意打ちだったため、ドキッとする隙すらなかった。

(どうして!?　私、社長とも呼んでないし、馬鹿丁寧な言葉づかいだってしてないのに……?)

梓をすぐに解放した一樹が、「反則だぞ」といたずらに目を細める。

それを言うなら、一樹の方こそ反則ではないのか。

「……私、ペナルティを科されるようなことをなにか言いましたか?」

梓の見解では、なにもないように思える。

「わからない方が罪だな」

一樹の言葉が梓には理解できない。

(わからないのが罪って、なに?　考えがさっぱりわからないよ)

一樹は梓の髪をなで、魅惑的な笑顔を浮かべた。

再び一樹の運転する車に乗せられた梓は、キスの余韻をまだ引きずっていた。

何度思い返してみても、ペナルティとなるような言葉を使っていないのだ。それなのにどうしてキスをされたのかがわからない。

「なんか小腹が減ったな」

運転席でポツリとつぶやいた一樹のひと言が、梓をハッとさせる。

「ごめんなさい！　私がほとんどひとりでポップコーンを食べてしまったから」

映画開始直後から機械仕掛けのように止まりもせずポリポリとつまみ、あっという間に空に。一樹の手が伸びてきたのは数えるほどだ。

「いや、それは別にいいから。やけにおいしそうに食べるなーと思ったくらいだよ」

一樹にクスクスと笑われ決まりが悪い。なんて食いしん坊な女だと思っただろう。

（——あ、そうだ。たしかあれがあったはず）

そこで梓はバッグに入れておいたものの存在を思い出した。中を覗き込み、手を入れる。

（あったわ！）

目的のものを見つけ、一樹に「よかったらどうぞ」と差し出す。

一樹はチラッとだけ目を向けて戻し、もう一度見た。いわゆる二度見だ。

「それなに？」

「ごめんなさい。今のは見なかったことにしてください」

「なんで？」

「いえ、なんだかババくさい食べ物だなって」

本音ではそうは思わないが、絵梨が言うのだからそうなのだろう。

でも、このおいしさがわからないなんて、損な人生を送っているとつくづく思う。

一樹は笑いながら、梓の方へさらに手を突き出した。

「もらうよ。ちょうだい」

「……これでいいんですか？」

「バッグに携帯しているくらいだから梓の好きな食べ物なんだろう？　それなら、ぜひ食してみたいね」

梓の動きがそこで止まる。

「酢昆布です」

「なんか意外なものが出てきたな」

一樹にそう言われ、梓は絵梨に言われたひと言を思い出した。

好みが渋すぎるとか、女子のキラキラした感じがないとか。さらには、こういうときに出すべきなのは、ひと粒チョコとかかわいい包み紙のアメだと。

この人は、なんでそうサラッと言えるのだろうか。梓が気にしている欠点は大したことじゃないと思わせられる。

買ってもらったハイヒールのパンプスもそう。一樹の身長が高いのもあるだろうが、背の高さなんて些細なコンプレックスだと思えた。

それも、『小柄とはいえないけど』と、事実も正直に言う。嘘で繕わないのだ。

梓は胸の奥が、なにやらうずいて仕方がなかった。

「なんだこれ」

「……お口に合いませんか」

やはり一樹にとっては〝ババくさい〟食べ物だったか。

不安いっぱいに梓が一樹を見ると、その横顔には満面の笑みが浮かんでいた。

「いや、うまい」

「ほんとですか⁉」

梓の顔がパッと華やぐ。

「ほどよい酸味がいいね」

「そうなんです！　ここの酢昆布は上質で肉厚の昆布で、噛めば噛むほどうまみが出てくるんです！」

思わず力が入った。

酢昆布のおいしさを共有できる人に巡り合えたのは、同年代で初めてだ。これまでは食べてももらえず、食べたとしても微妙な反応をされ続けてきた。

心が躍るとは、こういう状態を言うのだろう。うれしくてたまらない。

「もうひとつくれ」

「もちろんです！　よかったら、これ全部差し上げます。私、自宅にストックがたくさんあるので」

一樹は楽しそうに肩を揺らして笑った。


酸っぱいもので胃が刺激されたからと、少し早めの夕食をイタリアンレストランで取り、梓は一樹の車で自宅まで送ってもらうこととなった。

家まで、あともうわずか。

「今日はありがとうございました。とても楽しかったです」

「俺も楽しかった」

運転席でニコッと笑う一樹を眺めながら、梓はわけもなく心が温かくなる。その理由を知ってはいけないような気がして、目を逸らし、頭の隅の方に追いやった。

「そういえば今日、三島さんはどうされていたのでしょうか」

「どうって、休んでるだろ」

「そう、ですか」

梓たちの関係を疑っている友里恵は、今日も後をつけていたのだろうか。

梓はその存在も尾行も忘れていたが、今ふと思い出した。

「もしかして尾行？」

「はい。今日も追ってきているのかと思いまして」

「どうだろうね。すっかり忘れてたよ」

ということは、一樹もこの時間を思いきり楽しんだのだろうか。

（そうだったらうれしいな……。って、違う違う。私、なんでうれしいなんて思ったの？）

うっかり変な感情が頭をもたげ、梓はそれを無理に押し込めた。

自宅の前に到着し、車がゆっくりと停車する。

一樹の手を煩わせないようにと、そそくさと助手席から梓が降りると、回り込んできた一樹は「なんでさっさと降りちゃうかな」と苦笑いを浮かべた。

一樹の中では、女性のエスコートは当然との刷り込みがされているのかもしれない。

それは、相手が誰であれ。

「そのヒールにもずいぶん慣れたみたいだな」

「そうですね。あまりふらつかなくなりました」

映画館に向かうときこそピンヒールがゆらゆらとして膝が妙な角度になったが、半日履いて歩き方を覚えたようだ。

「買っていただいて申し訳ありません。ありがとうございます」

あとで代金を支払うと何度か言ってみたが、一樹にかたくなに拒否された。

「よく似合ってるよ」

ふっと笑みをこぼしながら一樹の顔が近づき、唇にふわりと触れる。

それはすぐに離れたが、梓は体を石のように硬直させた。

「高さのおかげでキスもしやすくなった」

いたずらっぽい目をした一樹を見て、梓の胸が加速度をつけて高鳴る。

「わ、私、なにかペナルティになるようなことを言いましたか？」

「いいや。今のはそのパンプスのお礼」

ニッと唇の端を上げた一樹は、梓の頬を軽くなでた。

すると、そこで梓のスマートフォンがバッグの中でにぎやかな音を立て始める。

「ちょっとすみません」

そう断ってから取り出すと、それは病院からの着信だった。

(えっ、おばあちゃんになにかあったの?)

嫌な予感が梓の胸をかすめる。

一樹に背を向けて数歩離れ、スマートフォンを耳にあてた。

「もしもし、佐久間ですが」

『久城総合病院です。実は先ほどからおばあさまの容態が……。意識をなくされていらっしゃるんです』

「えっ⁉ 意識が⁉」

(どうして⁉)

この前会ったときには元気で、もうすぐ退院できるだろうと思っていたのだから。

「これからすぐに行きます!」

慌てて電話を切って振り返った梓を、一樹が「なにかあったのか?」と心配そうな目で見つめる。

「あの、あの、えっと……」

動揺して言葉にもならない。

そんな梓の肩に一樹の手がそっと置かれる。

「落ち着け」

一語一句ゆっくり言われ、梓は肩を上下させて深呼吸をした。

「入院している祖母の容態が……。意識がなくなったみたいで」

「わかった。送っていくから乗って」

「えっ、ですが」

「いいから早く」

戸惑う梓を助手席に乗せ、一樹はすばやく車を発進させた。

「病院はどこ？」

「久城総合病院です」

「……久城総合病院？」

間をあけてから一樹が聞き返す。

「はい、そうです。実は一年前に弁膜症の手術を受けて。手術のときに不整脈を治す処置もしてもらったのですが、それが再発してしまって……」

「そうだったのか」

（おばあちゃんに、もしものことがあったらどうしよう……）

バッグをぎゅっと抱えて梓が心細くしていると、一樹がその手を握った。

「大丈夫だよ。心配する必要はない」

一樹にそう言われると、梓の気持ちが不思議と落ち着いていく。今一番ほしい言葉をかけてもらえたからなのだろう。

運転のため一樹の手が離れても、梓は心強い言葉を頭の中で繰り返していた。


到着した病院内に梓のヒール音が響き、その後から一樹の足音もついてくる。

音を立てずに静かにしたいが、はやる気持ちを抑えきれない。

(早くおばあちゃんのところに行かなくちゃ)

そんな思いだけが梓の足を動かしていた。

送ってもらえただけでもありがたいのに、一樹は帰らずに付き合うと言ってきかなかった。

気持ちばかりが焦るせいか、病院の広さを改めて思い知る。循環器内科の病棟に着いたとき、梓の息は切れ切れだった。

「おばあちゃん!」

多香子の病室のドアを開けて、思わず大きな声で名前を呼ぶ。

カーテンを開けると、そこに血圧を測定中の看護師の姿があった。

「祖母の容態はどうなんでしょうか」

「今は安定しています。日中のうちから吐き気を訴えていたんです。夕方になって急に意識を失って」

看護師は淡々と説明しながら血圧を測り終え、「今、先生をお呼びしますね」と病室を出ていった。

椅子を引き寄せて座り、多香子の手を取る。

「おばあちゃん、目を覚まして。梓よ」

いつもより冷えた手をなで、懸命に温める。顔色も優れないように見えた。

ここへ来る途中に陽子に連絡を入れたが、今夜は予約のグループ客がいて、閉店時間までは店を空けられないらしい。

梓の肩に一樹の手が置かれる。洋服越しでも感じる温もりが、梓をホッとさせた。

そうしているうちに病室のドアが開く音がし、カーテンがシャーッと開けられる。

多香子の主治医である久城智弘だった。

「先生……！」

立ち上がり、梓が思わずすがりつきそうになったそのとき、久城が一樹を見て目を見開いた。

「なんで一樹がここにいるんだ」

思いもよらないことを久城が口走る。

「梓さんと知り合いだったのか？」

「クレアストフォームの社員だよ。うちで働いてくれてるんだ」

ふたりはいったいどういう関係なのだろうか。

梓が目をまばたかせて交互に見ていると、一樹は信じられない言葉を口にした。

「俺の父なんだ」

「えっ……」

まさか多香子の主治医である久城が、一樹の父親だったとは。

一樹の名字も久城だが、たまたま同じなのだろうと深く考えもしなかった。

「梓さんが一樹のところで働いていたとはね。世間とは狭いものだ」

本当にその通り。一樹の父親と普段から接していたとは思いもしない。

そう聞かされてみれば、ふたりはよく似ている。くっきりとした二重まぶたの優しい目も、細い鼻梁（びりょう）もそっくりだ。

そうなると、一樹は大病院である久城総合病院の御曹司ではないか。

驚くべき事実を前にして、梓は腰が引けるのを感じた。

「それより、おばあさまの容態だけどね」

久城が話を軌道修正する。

「看護師から聞いたとは思うけど、昼間から吐き気を訴えていてね。そうこうしているうちに気を失ってしまって。でも、心配しなくていいよ。多香子さんのように頻脈の患者さんは、ひどくなると時に気を失う人もいるから」

「……祖母は大丈夫なのでしょうか？」

「じきに目を覚ますだろう。ただひとつ、提案したいんだけど」

そう切り出した久城の提案とは、祖母にアブレーションという不整脈を治す処置を行うというものだった。

開胸手術を一度ならず二度までも受けさせられないと首を横に振る梓だったが、その心配は必要ないという。足のつけ根から細い管を挿入し、心臓に達するとその先端から高周波の電流を流して、頻脈を絶つらしい。つまり体への負担はほとんどない。

「私の方でもきちんとお話をさせてもらうけど、おばあちゃんが目覚めたら、梓さんからも話してもらえないかな？」

「わかりました」

とりあえず命の危険にさらされているわけではないと知り、梓はふぅと大きく息を吐き出した。

「それにしても縁とは不思議なものだね」

久城はしみじみと言いながら、梓と一樹を見た。

「私の亡くなった父、まぁ一樹にとったら祖父だね。その父の初恋の相手は多香子さんなんだよ」

「えっ、初恋？」

久城の思わぬ暴露話に、梓と一樹は声を揃えた。

「昔の話だからね、お互いの気持ちの通りにはいかなくて、別々の相手との結婚が決まったらしいが」

一樹が久城の息子だけでも驚いたのに、多香子と一樹の祖父とのつながりまで知り、梓はなんともいえない気持ちになった。

「不思議な力がふたりを引き合わせたのかもしれないね」

ふと見た一樹と目が合い、どうしたらいいのかわからなくなる。一樹の瞳に戸惑いの色が滲(にじ)んでいるのが、見て取れたからだろう。

久城の言葉に後押しされたのか、梓に自分の中にある想いに気づかされた。それは、一樹の偽りの婚約者になったときにまかれた種が育ったものだ。

一樹の優しさという水で芽を出し、ぐんぐん育っている。大きく葉を広げ、それが梓の心をそっと包んでいるようだった。

強引で周りを顧みない。誰にでも積極的に接して自分のペースにとことん巻き込み、嵐のごとくさらっていく。そんな一樹の強さや気取らない一面を知るたびに、梓の中で想いが少しずつ積み重なっていった。

（……私、一樹さんが好き）

自覚しそうになると目を逸らし、さんざん否定し続けてきたが、もうごまかしようもなかった。

それと同時に、ふたりの関係が偽りのものだという事実にぶちあたる。しかも相手は、大病院の御曹司。どう転がったって、この想いは成就しない。

恋心に気づいた途端、そこに悲しい現実があった。

久城が病室を出てから数十分経つ頃、梓は一樹に帰るよう促した。

「私は祖母が目を覚ますまでここにいたいので、一樹さんはそろそろ……」

これ以上、病院に引き留めてはおけないだろう。

「わかった。それじゃ、なにかあったら連絡をくれ。遅い時間でもかまわないから、帰るときに迎えにくるよ」

せっかくの厚意を〝いいえ〟とは言えなかった。

迎えに来てもらうつもりはないが、一樹の優しいひと言が梓はうれしかった。


陽子が病院に到着したのは、一樹が帰ってから一時間ほど経った頃だった。

【心配はいらないみたい】とスマートフォンでメッセージを送っておいたが、やはり心配で駆けつけたのだろう。嫁と姑の立場だが、ふたりは昔から仲がいい。

「おばあちゃん、どう？　まだ目を覚まさない？」

「うん、先生はじきって言っていたけど」

そう言われてから、かれこれ二時間が経過している。

大丈夫、心配いらないと言われていても、実際に意識を失ったままの多香子を前にすると、もしかしたら……と、不安な気持ちで押しつぶされそうになる。

陽子は梓と反対側のベッドサイドに椅子を引っ張ってきて座った。両サイドから多香子の手を握る。

ベッドに横たわる多香子が目を覚ますのを、陽子とふたりでこうして待ちわびるのいだった。

は、一年前の手術の後以来だ。あのときも、ちゃんと目覚めるかどうか不安でいっぱいだった。

「大丈夫だよね？」

そう聞かずにはいられない。

「大丈夫よ」

陽子はそう返すが、どうしたって平静を保てなくなる。不安がどんどん大きくなっていった。

それからさらに一時間が過ぎた頃だろうか。握っていた多香子の手がわずかにピクリと動いた。

「あっ、今、手がピクッていったよ」

「本当？　そろそろかしら」

陽子とふたりで多香子の顔をじっと見つめていると、今度はまぶたがかすかに動く。

「おばあちゃん」

梓の声に反応したのか、ゆっくりと目が開かれていく。

「おばあちゃん！」

もっと大きい声で呼びかけると、多香子はようやくしっかりと目を開けた。

「梓に陽子さん？　ふたりともいったいどうしたの」

多香子のその第一声を聞き、陽子と梓は顔を見合わせて笑った。

「どうしたのじゃないでしょう？　意識を失ったって病院から連絡をもらって、びっくりして駆けつけたんだから」

「そうよ、お母さん」

「やだねぇ。ちょっと眠っていただけだよ。そんなに簡単にあの世になんか行きませんよ。おじいさんが迎えに来たって、まだ行かないよって駄々をこねて追い返すんだから」

そう言って多香子が微笑む。

「梓の花嫁姿を見届けてからじゃないとね」

「それじゃ私、一生結婚しない方がいいんじゃない？」

多香子がずっと生きてくれるのなら。

「そう言わずに、素敵な恋人を紹介してよ。おばあちゃんね、今眠っている間に梓がいい男を連れて見舞いに来てくれた夢を見ていたんだよ」

まさか薄っすらと意識があったのでは？と、思わず勘繰る。意識がないなりに、一樹がここにいたのを感じていたのかもしれない。

「そうね、梓にはそろそろ彼氏のひとりくらいいてもらわないとね」

陽子にまでダメ出しをされ、梓は身の置きどころがなくなった。

その後、主治医の久城を呼び、いったんは心配がなくなったと告げられ、陽子と梓は帰宅したのだった。

あふれそうになる想い

翌日の日曜日。

梓はベッドの上に正座して、スマートフォンの連絡先を開いてはホームボタンを押して消すのを繰り返していた。

相手は一樹。昨日のドタバタに付き合わせた謝罪と、デートのお礼を改めてしたいが、なかなか思いきれない。

自分の心にある想いに気づいたせいもあるのだろう。連絡先にある一樹の名前を見るだけで胸が高鳴った。

「えぇい、もう迷っていても仕方がない」

自分を鼓舞して、電話番号をタップする。数コールで一樹が出ると、梓の心臓がドクンと大きく跳ねた。

「もしもし、梓です」

『今どこ？　まだ病院か？』

すぐにでも迎えに行くと言い出しそうな雰囲気を勝手に感じて動揺する。

「いえ、昨夜遅く自宅に帰ってきました」

『迎えに行くって言っただろう?』

「母もいたので、それはちょっと……」

陽子を引き合いに出したが、もしもひとりで病院から帰るとしても、一樹に来てもらいはしなかっただろう。

『おばあさまの容態は?』

「目を覚まして、今は安定しています」

『それはよかった。だけど、不整脈を治す処置はやった方がいいんじゃないかな』

帰り際に久城にも再三にわたってそう言われた。

でも多香子は、それを拒んでいる。カテーテルだから負担が少ないと説明しても、痛い思いをするのはもう嫌だと。

開胸手術で怖く痛い思いをしたのは、梓にもよくわかる。その後のリハビリが大変だったのも。

でも、このままなにもせずにいれば、また昨夜のように気を失ったりするのではないかと、梓は不安でならなかった。

「それはわかってはいるのですが、祖母は拒絶していて……。それで、実は……一樹さんにお願いしたいことがあるんです」

　梓が静かに切りだす。

『なに？』

　それはひと晩悩みに悩んで、梓が導き出した解決策だった。

「祖母に私の恋人として会っていただけないでしょうか？　もちろん、いつも通りの演技でいいんです。三島さんの前でするような偽りのものでかまいません」

　自分で〝偽り〟と言っておきながら、胸がチクンと痛む。

　一樹に嘘をつかせる心苦しさもあるが、今は多香子の回復を優先したかった。

「祖母は私に恋人ができるのをずっと楽しみにしていて。なので、祖母を元気づけるためと言いますか……」

『わかった。そうしよう』

　一樹が即答する。

「ありがとうございます……！」

　梓はひとまず胸をなで下ろした。

　多香子がなによりも願っていたのは、梓に恋人ができること。その人に会わせて元気づけ、カテーテル手術を説得したいと考えたのだ。

『早い方がいいな。今日これから行こうか』

「……いいんですか？」

『いいも悪いもない。すぐに向かうから準備しておくように』

言うだけ言って電話が切られる。

梓は思い出したように、すぐに身支度を始めた。


多香子の病室のドアの前で深呼吸を繰り返す。嘘とはいえ、恋人として一樹を多香子に紹介するのだから、緊張せずにはいられない。

窓際のカーテンを開け、「おばあちゃん」と梓が声をかけると、多香子は「おや」と上体を起こした。

「起きて大丈夫なの？」

介助しに梓がベッドへすかさず近づく。

「昨日は悪かったね、心配をかけて。昨日の今日だから来なくてもよかったのに」

「昨日の今日だから来たんじゃない」

元気そうな顔を見なければ、おちおち家でのんびりもしていられない。

「実は今日は、おばあちゃんに会わせたい人がいるの」

「会わせたい人？　いったい誰だろうね」

ニコニコしながら待つ多香子の前に、カーテンに隠れていた一樹が姿を現す。

その瞬間、多香子は口をぽかんと開け、まつ毛を激しく動かした。まるで幽霊でも見たかのような驚きようだ。

「えっとこちらは……？」

多香子はすぐに気を取りなおしたようにしてから、首をかしげた。

「私の……恋人なの」

「えっ！　それは本当かい⁉」

多香子の顔がこれ以上ないほどに輝く。

「久城一樹と申します」

「……久城？」

〝久城〟に反応して、多香子は忙(せわ)しなくまばたきを繰り返した。

「おばあさまの主治医をしております、久城の息子です」

「あらやだ！」

多香子はそう言って口に手をあて、呆然と一樹を見つめる。

その視線が照れくさいのか、一樹は何度も髪をくしゃっとさせた。

ニコニコと「そうなのね」と繰り返し、多香子はとてもうれしそうだ。

一樹に椅子を勧め、病室なのにあれも食べて、これも食べてと多香子の引き出しからいろいろな食べ物が出てくる。バナナや煎餅はもちろん、有名な店のバウムクーヘンまで。

いったい誰が持ってきたのかと梓が不思議がっていると、お見舞いに来た女友達がくれたのだと笑う。

「意外とこれが最高なのよ」

そう言って多香子が一樹に最後に差し出したのが酢昆布だったときには、梓と一樹は顔を見合わせて噴き出した。

「あら、どうしたの？　そんなおばあちゃんっぽいものは出さないでって言いたいの？　梓、これ大好きなのに」

「いえ、その逆です。実は昨日、梓さんからいただいて。後を引くおいしさですよね」

「この味を気に入るなんて、あなたもなかなかね」

「最初は渋い趣味だなぁと思ったんですが、食べて納得でしたよ」

さすがは一樹。多香子と打ち解けて話す様子は、まるで本物の孫のようだ。

そんなふたりのやり取りを見て、梓の胸にかすかな痛みが走る。多香子を騙しているせいと、いつか終わりを告げる関係のせいだろう。

一樹に本当の恋人ができた時点で、梓は用済み。お役御免となる。

結婚に前向きな一樹だから、そう苦労せずとも相手は見つかるだろう。それも素敵な女性が。

いっそずっと見つからなければいいのに。

梓は、そう願わずにはいられなかった。


病院の帰り道、一樹に乗せてもらった車の中で、梓は「本当にありがとうございました」と頭を下げた。

多香子は梓に恋人を紹介され、さらに元気をチャージ。将来のふたりの結婚式のためにも入院を長引かせるわけにはいかないと、アブレーション処置を受けると約束したのだ。

話が結婚に飛躍したときにはヒヤヒヤしたが、一樹は持ち前の処世術により笑顔でそれらしく受け答えをした。

まるで本当に結婚が控えているかのように話すものだから梓の方が戸惑い、ぎこちない会話になったくらいだ。

帰り際に「また顔を見せてちょうだいね」と一樹にお願いし、多香子は上機嫌で見送った。

梓は、くれぐれも母の陽子にはまだ内緒にしておいてほしいとだけこっそりお願いした。いつ別れがくるかわからない相手を恋人として紹介するのは気が引けたのだ。

「一樹さんは、お父様のようにお医者様になろうと考えはしませんでしたか？」

「実は、医師を目指して医学部には通っていたんだ」

「えっ、そうなんですか？」

父親が院長として病院を経営していれば、息子が医師を志すのは当然かもしれない。そんな一樹が、どうしてデザイン会社を始めたのだろう。

「小さい頃から絵を描いたり、物を作ったりするのが大好きだったんだ。でも周囲からは医者になれと期待されるだろう？」

「そうですよね。お父様がお医者様なんですもの」

きっと次期院長ともてはやされただろう。その期待値もかなり大きかったはず。

「だからそっちの道はあきらめて医学部に入学したんだけどね。学べば学ぶほど、これじゃないって気持ちが強くなって。二年生になって数ヶ月後に退学して、美術系の専門学校に入りなおしたんだ」

「お父様やお母様は反対されなかったんですか？」

普通の家庭だったら猛烈な反対にあって、それこそ勘当騒ぎにもなるのではないか。

「両親とも俺が言いだしたら聞かないのはよくわかっていたから」

それは梓もよくわかる。いったんこうだと決めたら、一樹は譲らないタイプだ。

だからこそ、本物の恋人ができれば、梓を潔く切り捨てるだろうと予測がつく。

それにしても一樹という男は異色の経歴の持ち主だ。医師を目指していたはずが、空間デザインの会社を立ち上げるのだから。

「それに俺には弟がいるからね」

「弟さんはお医者様になられたんですか？」

「久城総合病院の小児外科にいるよ」

なるほど。弟が次期院長としての期待を背負ったわけだ。

「これがなかなか腕の立つ医師でね。ほかの病院で難しいと言われる心臓手術の患者が、弟目あてに日本中から集まってくるらしい」

「すごいですね」

「俺と違って、地道にコツコツと積み重ねるタイプだからね。いい医者になったよ」

その弟に紹介しようという言葉が一樹の口から出ないのは、やはり梓とは未来がないからだろう。いつ終わりを告げるかもしれない相手を、大切な弟には紹介できない。

昨夜は意図せず父親と対面したけれど、きっと一樹も焦っただろう。梓と一緒に久城総合病院に足を踏み入れたとはいえ、院長の父親が梓の祖母の主治医だとは思わないだろうから。

なんにせよ、今日は多香子の気持ちを変えられたのだ。喜ばしいと思おう。

梓は気持ちを切り替えた。


「あの、ここは……?」

一樹の車は、閑静な住宅街にある大きな建物の地下に吸い込まれていった。

「俺の住むマンション」

「えっ?」

どうしてそんなところに?と思わずにいられない。

「梓に渡したいものがあって」

「私に渡したいものですか?」

いったいどんなものなのだろうかと梓があれこれ頭の中で考えているうちに、地下駐車場に車が停められた。

周りを見てみれば、同じように高級車がずらっと並んでいる。その様は圧巻で、ついキョロキョロとする。そうしているうちに一樹に助手席から降ろされ、手を引かれてエレベーターへ乗り込んだ。

低層マンションらしく五階までしかないが、エレベーターやさきほど見た外観からハイグレードマンションであるとうかがえる。

聞いたところによれば一階にはフロントもあり、コンシェルジュが二十四時間待機しているらしい。

三階で止まったエレベーターを降りると、ベージュ系で統一された広い通路が現れた。高そうな絵画や上品なシャンデリアが等間隔で配置され、高級感にあふれている。この分だとエントランスロビーはもっとゴージャスだろうと想像がつく。

さすがは社長の肩書き。

父親の所有する不動産物件らしく、五階には弟も住んでいるらしい。

開錠された玄関ドアの中に招き入れられると、広い玄関フロアが現れた。正面の壁にはガラスタイルとブロンズミラーが貼り分けてあり、左側の壁にはマーブル調のタイルとクリアミラーが貼られている。淡いオレンジのダウンライトが、オフホワイトのフロアをやわらかく照らしていた。

スリッパを鳴らしてリビングに入ると、梓は深いため息を漏らした。何面にも連なった掃き出しの大きな窓は、午後の日差しをめいっぱい取り込み、部屋全体を明るく照らしている。

その向こうに見えるのは、インナーバルコニーか。寝心地のよさそうなカウチソファとテーブルが置かれ、観葉植物が居心地のよさそうな空間をつくっている。

部屋は全体的にブラックやグレーのモノトーン。落ち着いた上質なインテリアは、一樹のセンスのよさを物語っていた。

「素敵なお部屋にお住まいなんですね」

「そうでもないよ」

一樹は謙遜するが、これが素敵でなかったら梓の自宅はどうなるのか。

リビングを見渡して、梓はふと見知ったものを発見した。

「これ、社長の……じゃなくて、一樹さんのところにあったんですね」

「今、〝社長〟って言ったな?」

「それはその、頭が仕事モードに切り替わったんです。見逃してください」

今取り組んでいる式場の立体模型が、部屋の片隅に置かれていたのだ。頭が仕事にシフトすると、自然と〝一樹〟は〝社長〟になるらしい。

「そうはいかないよ。約束は約束だからね」

一樹は意味ありげに微笑むと、数歩後ずさった梓をつかまえ、腰を引き寄せた。

「か、一樹さ――んっ……」

塞がれた唇の端から息が漏れる。すると、それすら逃さないと唇ごと食まれ、梓は一樹のシャツをぎゅっと掴んで目を閉じた。

(ちょっ、ちょっと待って……!)

これまでのキスは触れるだけだった。それもまばたきをするほどの短さ。

今しているものは、それとはどこか違う。唇が食べられるのではないかとドキドキしているうちに、一樹の舌が唇を割ろうと試みてきた。

「んんっ……かず……っ」

言葉を発した隙を突き、舌が一瞬入り込んできたが、なにを思ったかすぐに引き返していく。

どうしたのかと思って梓が目を開こうとすると、一樹はそっと彼女を解放した。

「悪い。調子に乗りすぎた」

梓の髪をさらりとなで、一樹が軽く微笑む。

本気のキスは、本物の恋人とだけ。多香子の前で恋人のふりをしたからといって、調子に乗るなよ。態度でそう示されたような気がして、梓は胸が苦しくなった。

(これ以上、好きになっちゃダメ。……好きになったらダメ)

自分の心に強く言い聞かせる。

静かに深く呼吸をして、梓はなんとか気持ちを落ち着かせた。

「あ、あの、これって例の式場の立体模型ですよね」

気を取りなおして、それに近づく。

コーナーテーブルの上に置かれた模型は、小さいとはいえ細部にわたって実際の建物に忠実なもの。素材こそ仮だが、テーブルやチェアーまで配置されている。スタッフが魂を込めて造ったものなのだ。

一樹は「ああ」と言いながら、それを持ち上げてセンターテーブルに運んだ。

シュプリームウエディングの社長たっての依頼で、一樹がデザインした極上の式場。それがこれだ。

「これまである、どの式場よりも素敵なものが完成しそうですね」

「誠心誠意を尽くしてデザインしたからね」

一樹も自信があるのだろう。

「私のお気に入りは、天井の照明なんです」

屋根部を持ち上げ、壊さないよう細心の注意を払いながら一樹が「ここか?」とひっくり返す。

雲をかたどったような形状をした照明。一樹がデッサンしたものを初めて見せてもらったとき、街よりも空に近い、丘の上の式場ならではの発想に梓の心はわしづかみにされた。

「早く実物を見てみたいです」

「完成まで、あともう少しだな」

「でも、この模型はどうしてここにあるんですか?」

たしかデザイン企画部の一角に、ほかの模型と一緒に並んでいたはず。

「今度、現場の打ち合わせに持っていくんだ。自宅から直で行こうと思ってね」

「そうだったんですね」

そう言いながら梓は腰をかがませ、しばらくその模型に見入っていた。

「梓は、なに飲む?」

「いえ、おかまいなく」

「遠慮するなって。じゃ、コーヒーでいいか?」

一樹に聞かれ、「お願いします」とそのままバックしてソファに腰を下ろすと、なにかが梓のお尻にあたる。

なんだろうかと思って見てみると、それは金属製のト音記号と八分音符をかたどったものだった。手に取った弾みで涼しげな金属音が響くが、ふたつはつながった状態。

(なんだろう？　キーホルダー？　それにしてはストラップ部分がないし……)

顔の前でぶら下げて梓が不思議そうにしていると、一樹がコーヒーを入れて戻ってきた。

「一樹さん、これはなんでしょうか？」

「あぁ、それは知恵の輪」

「知恵の輪ですか」

久しぶりに見た。小さい頃には何度かやった記憶があるが、一度も成功した試しはない。手先が器用な方ではないのだろう。

「脳が疲れたときに、気分転換になるんだよね。ほかにもあるぞ」

一樹はコーヒーをテーブルに置くと、テレビボードの引き出しに入っていた箱を取り出して戻った。両手に乗るくらいの大きさの箱の中には、いろんな種類の知恵の輪がたくさん詰まっている。

「わぁ、すごいですね」

いくつか手に取ってみると、三角形や四角形などの単純な形をしたものから、複雑に入り組んだ形状のものもあり、それを見ているだけで楽しい。

「やってみてもいいですか？」

「もちろん。好きなのをどうぞ」

一樹に箱ごと手渡され、梓はそれを膝の上に置いて物色し始めた。

（あ、これなんてかわいい）

梓が見つけたのは、鎖で結ばれた金と銀のハートの知恵の輪だった。

「それは結構難易度が高いぞ」

それじゃ、自分には無理かもしれない。そう思って戻そうとしたところで、

「さて、梓は上手に外して、もとに戻せるかな？」

無理だと言わんばかりの含みのあるひと言に、梓は俄然やる気が湧いてきた。

「やってみます」

宣言して、いざ知恵の輪に立ち向かう。

一樹はソファにゆったりと座り、コーヒーを飲み始めた。その隣で、梓は金属片と格闘。

（あれ？　ここがこうなって、こっちが……。え？　外れない。どうして？）

知恵の輪を手にした梓は四苦八苦。いくらどうやっても、第一段階の外れるところまでいかない。何度試してみても、もとに戻ってしまうのだ。

「ギブアップする?」

一樹にクスクス笑われ、「いいえ」と返したが、さらに十分ほど触っていてもなにも変わらない。

「一度やってみてもらってもいいでしょうか?」

実演をお願いすると、一樹は〝仕方がないなぁ〟といった態度を見せつけながら、いたずらっぽく笑う。

そして、一樹が手にして数秒のうちにハートから鎖が呆気なく外れた。まるでマジック。ところが、どうやって外したのかがわからない。

(私の目は節穴なの?)

そうだとしか思えない。

「あの、もう一度お願いします」

人さし指を立てて、一樹にねだる。

すると一樹はうれしそうな顔をしながら「いいよ」と言って、いったん知恵の輪をもとに戻した。

（今度こそは見逃さないわよ）

そう思いつつ、梓は顔を近づけて一樹の手を凝視した。

（あそこをこうして、ここをひねるでしょ……。って、えっ？　もう外れたの⁉）

しっかりと目を見開いていたのに、なにがどうなって外れたのかが見極められなかった。

「一樹さん、すごいです」

梓には感嘆の言葉しかない。

一樹にもう一度実演してもらい、計三回見たが、解答は得られなかった。あとは、自分でやってみるしかないだろう。

「ちょっと貸していただけますか？」

再び知恵の輪に夢中になった梓を、一樹は微笑ましいものを見るように温かいまなざしを送っていた。

食事に行きがてら送っていくよと一樹に言われ、梓が現実に戻される。気づけば、一時間も知恵の輪に熱中していた。

「すみません、あんまり夢中になってしまって……」

しかも、結局成功していない。

「いや、大丈夫。梓の真剣な横顔をじっくり堪能できたからね」

そんなところをずっと見られていたのかと思い、恥ずかしくて顔が熱くなった。

「でも暇じゃなかったですか？」

「かわいい横顔を見ていれば暇じゃないよ」

「……一樹さん、何度も申し上げていますが、からかわないでください」

魅惑的な笑顔を向けられ、言われ慣れていない言葉を使われ、これで好きになるなっていう方が無理だろう。

「俺も何度も言うけど、別にからかってないから」

クスクスと笑いながら一樹が手をひらりと振る。

「一樹さんが私をからかったら、ペナルティをつけますよ？」

「いいよ。そのペナルティはキスだろう？」

一樹に言われ、梓は自分の失言を思い知る。

「や、やっぱりやめておきます。ペナルティはなしでいいです。大丈夫です」

「そこまで嫌がらなくてもいいだろ？」

「嫌というか……」

自分の気持ちをどう説明したらいいのだろう。でも、絶対にこの想いだけは一樹に言えない。

「嫌じゃないなら、そのペナルティも科そう。思えば、梓にだけ科すってのもおかしな話だしね」

妙な方向に話がいってしまった。これではますますドツボにはまっていく。

「あのですね、一樹さん」

「まぁ、それはそうと、食事に行こうか」

「え、あ、はい」

「その知恵の輪が気に入ったのなら、梓にあげるよ」

一樹のウインクが飛んでくる。不意打ちだったため、避けるに避けられない。放たれた矢に胸をひと突きされた感覚だった。

「あげるといえば、大事なことを忘れるところだった」

慌てているようなのに優雅な仕草。一樹は立ち上がって別の部屋へ入り、すぐに舞い戻ってきた。なぜか、花束を抱えている。

「あの、それは……？」

「実はさ、梓のおばあさまのところに行くために家を出て、花でも持っていこうかと花屋に立ち寄ったんだよ。でも花屋で、最近の病院では生花は禁止されてるって言われてさ」

雑菌を病院に持ち込まないために禁止している病院は多い。久城総合病院もたしかそうだ。

「で、そのまま手ぶらで店を出るわけにもいかないから、梓のために花束を作ってもらった。車に乗せたままだと昼間じゃしおれちゃうかと思って、いったんここに持ち帰っておいたんだ」

「私に、ですか？」

思わぬプレゼントをされ、梓の心が大きく揺さぶられる。

どうリアクションしたらいいのかわからず固まっていると、一樹から「もしかして、花は嫌いとか？」と言われた。

梓は即座に首を横に振る。

「男の人にお花をいただく夢のような事態が、この私に起こるなんて……」

叶わないとあきらめていた。一生そんな経験はできないだろうと。

「そこまで喜んでもらえるとはね。買って正解だな」

一樹は顔を綻ばせた。

もしかしたら、一樹も自分を少しは好きでいてくれているのではないかと勘違いしそうになる。

「それから、これも」

一樹は手にしていた紙袋を梓に差し出した。そこには、ブライトムーンのロゴである〝BM〟が書かれている。

「……それは？」

まさか中身もブライトムーンの商品ではないよね？と思いつつ、一樹に問いかける。紙袋だけで、中身はまったく違うものが入っていると思いたい。

「この前、この店のパンプスがよく似合っていたから。別のものもどうかと思ってね」

紙袋の中を覗いてみれば、箱がふたつも入っていた。

梓があぜんとしていると、一樹は紙袋から箱を取り出し、中からパンプスを取り出す。一足目がブラック。パンプにリボンが施され、洗練されているが飽きのこなそうなデザインだ。

二足目はベージュ。ポインテッドトゥとヒールの組み合わせがスタイリッシュで、こちらもかなりおしゃれ。

どちらもヒールは七センチくらいある。

「この前の真っ赤なやつだと、仕事で履くには派手すぎるかと思って。これなら洋服にも合わせやすいんじゃないか？」

「それはそうなのですが……」

どうしてこんなにもプレゼント攻撃を？

梓は不思議でならない。

「気に入らないデザインだったか？」

梓が手も出せずに二足のパンプスを眺めていると、一樹は怪訝そうに眉をひそめた。

「いえっ、決してそうではなく」

「じゃあなに？」

「こんなに高級なものを、合わせて三足もいただくわけには……」

全部で二十万円近くにもなる。いくらなんでもそんなに高い買い物をさせていいとは思えない。映画館だってプレミアムシートだから、値が張ったはずだ。

「理由が必要ってわけか」

一樹は腕組みをして考え始めたかと思えば、すぐに顔をパッと明るくさせた。

「婚約者のふりをしてくれたお礼にしよう」

「それは私自身も納得しているので、お礼は必要ないです」

それをお礼として受け取ったら、梓はなにもかもが終わるような気がした。婚約者のふりを売買したも同然になる。それだけはしたくなかった。

「本当に申し訳ありません」

梓は深く頭を下げ、断固として拒絶の姿勢を貫く。

「……わかったよ」

一樹は大きなため息をつき、しぶしぶといった感じに納得した。

「花は受け取ってくれるだろう?」

「はい、喜んでいただきます」

梓は花束を大事に抱え、もう一度「ありがとうございます」と頭を下げた。

願いが叶った夜

揃って休憩室へ向かう途中で絵梨が梓の足もとをまじまじと見たのは、翌週の木曜日のこと。

「なんか背が高いと思ったら、梓さん、ハイヒール履いていたんですね」

それは昨日、仕事帰りに寄った店で自分のお金で買ったもの。一樹にプレゼントされたような高級なものではないけれど、初めて自分で買ったハイヒールだ。せっかくだからと、七センチの高さのものにした。

普段、梓が着ている洋服に合わせやすい無難なブラックを選び、デザインも定番。ピンヒールのため、美しいうしろ姿になると店員に乗せられて買ったものだった。

「こうして見ると、梓さんってスタイルいいですよね。私なんて小さいから、いくらがんばったって、百六十センチにもならないんですよ?」

「私は小柄な絵梨ちゃんがうらやましいけどな」

「えー?　そうですかぁ?」

疑問形で返しながらも、まんざらでもなさそうに絵梨は照れた。

「でも、いったいどんな心境の変化があったんですか？　ハイヒールは絶対に履かないって、前に言ってましたよね」

「なんとなく履いてみようかなって思っただけよ」

一樹に自信をつけさせてもらえなければ、本当に履かずに一生を終えただろう。

一樹のそばにいると、背や髪のコンプレックスが逆に長所に思えてくる。

ただ、日曜日に一樹からのプレゼントを断ったことが、実は梓の心の中でまだくすぶっていた。

（私、一樹さんを傷つけたよね）

好き嫌いの感情はともかく、その人のためにと思って用意したものを拒絶されたら、あまりいい気はしないだろう。少なくとも、選んでいるときには梓のことを考えていたのだろうから。

なんとなくそのままになっていたが、またあとで謝ろうと梓は決めた。

【たまには外で夕飯でも食べない？】

梓のスマートフォンにそんなメッセージが母の陽子から届いたのは、絵梨とお弁当を食べ、デザイン企画部に戻ったときだった。

今日、小料理屋『忍び草』は定休日だが、こうして誘われるのはどれくらいぶりか。珍しいなと思いつつ梓が【了解】と返信すると、すぐにレストランの場所と時間が送られてきた。

「ル・シェルブルの『山口楼』？」

思わず口に出すと、絵梨が向かいの席から「ル・シェルブルがどうしたんですか？」と声をかけてきた。

「母から今夜一緒に外で食べましょって誘われたの」

それが高級ホテルのレストランのため、梓は面食らったのだ。

三世代にわたって慎ましく生活してきた梓たち家族には、縁遠い場所。そこのラウンジには一樹に連れていってもらったが、陽子からその場所を指定されるとは想定外。梓は、たまに行く近所の定食屋だと想像したから。

「ル・シェルブルの山口楼って言ったら、格式の高い日本料理屋ですよね。前に雑誌の高級料理店特集で見ました」

「やっぱりそうだよね」

そんなところに陽子と足を踏み入れた経験は、これまでに一度もない。

「梓さんのお母さん、なにかいいことでもあったんじゃないですか？　あっ、わかった！」

絵梨がワントーン高い声をあげ、人さし指を立てる。

「もしかして再婚するとか」

「再婚⁉」

これには梓もびっくりだった。まさかそうくるとは。

「だって、梓さんのお母様って、旦那様を亡くされてずいぶん経つんですよね？」

梓が小学一年生のときだから、かれこれ二十年だ。

絵梨の質問にうなずいて答える。

「それなら、その可能性が高いと思います」

絵梨はそう言って、胸を大きく張った。

言われてみれば、それはあり得る。小料理屋をやっているから、陽子はいつだって身綺麗。顔立ちの美しさもさることながら、五十代半ばでも四十代前半と言って通用する若々しさがある。

梓が成人して久しく、長年独り身で生きてきた陽子が新たな伴侶を見つけても、なにもおかしくはない。

「……そうだね。そうかもしれない」

だとすれば、梓は祝福しないわけにはいかない。これまでさんざん苦労してきた陽子の幸せは、梓の幸せでもあるから。

母親を取られるかもしれない寂しさを感じつつ、うれしさも胸にあふれる。

「佐久間さん、これ大至急お願いしたい」

小走りでやって来た同僚のデザイナーから書類を手渡され、梓は「はい、すぐに作成してお持ちします」と答えた。


午後六時半。梓は陽子に指定されたル・シェルブルにやって来た。

ネットリサーチしたところによると、山口楼は一階にあるらしい。

前回ここへきたときには一樹のエスコートにより戸惑ったり迷ったりしなかったが、今日はひとり。ここにいるすべての人が自分とは違う人種に思えて、挙動不審になる。

エントランスを入ってからキョロキョロして、あっちへ行ったりこっちへ行ったりしていると、見かねたホテルのスタッフが声をかけてきた。

「お客様、なにかお困りでしょうか?」

「すみません、山口楼へ行きたいのですが……」

「それでしたら、こちらでございます」

スタッフは笑顔を浮かべながら、軽く腰を折って手を前に差し出す。案内してもらえるようで、これでたどり着けるとホッとした。

梓を案内したスタッフに山口楼の入口でお礼を告げて中へ入ると、薄紅色の着物を着た女性が現れる。待ち合わせだと伝えると、名前を確認されて店内へ通された。

ホテルのエントランスロビーでもたもたしたため、約束の時間を五分過ぎている。時間に几帳面な陽子なら、先に到着しているだろう。

小上がりでパンプスを脱ぎ、さらに奥へ入っていく。

絵梨の言っていた再婚話が本当だとしたら、再婚相手もそこにいるかもしれない。そう思うと、自分の話ではないとはいえ緊張してくる。

（あ、私に関係なくはないんだ。だって、もしもそうなら父親になるんだから）

そこまで考えたところで着物の女性が立ち止まって両膝を突き、目の前のふすまを開けた。

「こちらでございます。どうぞ」

かしこまって言われ、梓が息をのむ。一歩足を踏み出したところで、こちらに顔を向けて座る男性の姿が見えた。

（やっぱり！　お母さん、本当に再婚するつもりなんだ……！）

もしかしたらと予想していたとはいえ、実際にそれを目のあたりにすれば、どうしたって驚く。

「お母さん、お待たせ」

耳打ちするかのような声でこそっと言いながら、梓が座敷に入る。陽子の隣の座布団に正座で座った。

「梓、急にごめんね」

「ううん、それはいいんだけど……」

改めて男性を見てみれば、梓と同年代くらいに見える。年のわりに若いのかもしれないが、上に見積もっても四十代前半だろう。

くっきりとした二重まぶたの整った顔立ちをしており、きちんと整えた髪が清潔感を与える。自然と笑みの浮かんだ顔は、優しさが滲んでいた。

たしかに陽子は若々しいが、まさかひと回りも年下を再婚相手として連れてくるとは思いもしなかった。

（お母さん、年下が好みのタイプだったの？）

梓に恋愛経験がないため、陽子とこれまでに男性の話をしなかったのが悔やまれる。

なんにせよ、陽子が再婚したいのであれば、相手がものすごく年下だろうが梓は受け止めなければならない。

「私、お母さんがそうしたいと言うなら賛成だから」

隣に座る陽子にこっそりささやく。

「えっ、本当に？」

陽子はカッと目を見開いたかと思えば、これまでにないほどのいい笑みを浮かべる。

そこまで喜んでもらえると、梓もうれしくなる。

「うん。だって、お母さんが望んでいるんでしょう？」

「そうなの。お母さん、ずっと心配でね。このままじゃいけないって」

年を取るにつれ、先行きが心配になるのも当然だろう。梓が結婚するしないに関係なく、余生をひとりで生きていくのを想像したら寂しくなるのもあたり前だ。

今までひとりでがんばってきたのだから、陽子には幸せになる権利がある。

「大丈夫だよ、お母さん。私、わかってるから」

「梓、ありがとう……」

陽子と手を取り合って絆（きずな）を確かめていると、梓は横顔にふと視線を感じた。

うっかり相手の男性の存在を忘れるところであった。姿勢を正して座りなおし、梓は陽子と男性を交互に見る。

「それでお相手の方は……？」

陽子はニコニコ顔で男性を見て、手で指し示しながら紹介を始めた。

「こちらの方は遠藤夏生さんとおっしゃってね、ビルや施設管理の会社をやられている方なの」

「社長さんってこと？」

陽子に尋ねると、代わりに男性が口を開く。

「社長は父がやっておりまして、僕は専務です。ゆくゆくは継ぎますので、次期社長になりますね」

「そうなんですね」

梓は小さく何度もうなずいた。

なんと年下のうえ、次期社長の肩書きを持つ男性をつかまえてくるとは。玉の輿ではないか。

梓は思わず、〝すごいじゃない、お母さん〟と言いそうになったが、ぐっと言葉をのみ込んだ。

もちろんお金だけがすべてではない。でも、今まで苦労してきたことを考えると、陽子には少しでも余裕のある暮らしをしてほしい。

「どうぞよろしくお願いします」

梓は両手を膝の上に揃え、丁寧に頭を下げた。

「梓さんが快く受けてくださるみたいなので、僕もうれしいです」

「私が受けるもなにも、母の決断ですので。母が遠藤さんとこの後の人生を一緒に歩んでいきたいと思うなら、私はなにも——」

「ちょっと待って、梓」

梓が言い終わらないうちに陽子が遮る。

「どうかしたの？」

「あなた、なにか勘違いしてない？」

勘違いとはなんだろうか。

梓は首をかしげて隣の陽子を見た。

「お母さん、再婚するんでしょう？」

「やだ、梓ったら！」

陽子に背中を軽く叩かれ、梓はちょっと前のめりになった。

「やだってなに？」

「あなたに遠藤さんを紹介してるのよ？」

「だから、お母さんの再婚相手としてでしょう？」

「違うわよ」

陽子は抑揚をつけて歌うように言った。

それならば、この顔合わせはいったいなんだろうか。

「梓の結婚相手としてどうかなと思っているのよ」

「えっ、私⁉」

梓は自分の胸に手をあて陽子に聞き返した。

「そうよ。遠藤さん、まだ三十歳よ？　お母さんと結婚だなんて失礼じゃない」

「でも、私はてっきりそうなのかと……」

そう言われても、いまだに信じられない。絵梨と話した先入観が邪魔したのだろう。

「だけど、突然どうして？」

今まで一度だって、こんなふうに男性を紹介したことはなかったのに。

多香子は常々『梓の花嫁姿が見たい』と言っていたが、陽子は『結婚はしてもしなくてもいいのよ』と言っていたはずだ。

「実はね」

「お母様、それは僕の方からお話しさせてください」

遠藤が陽子を制する。陽子は「そうね。それがいいわね」とやわらかく笑った。

「梓さんは、僕を覚えていませんか?」

「……どこかでお会いしているんですか?」

梓には身に覚えがない。

「クレアストフォームの創立記念パーティーがありましたよね。その会場で」

「遠藤さんもいらしてたんですか?」

となるとクレアストフォームの取引先だろうか。たしかさっき陽子はビルや施設管理の会社だと言っていたけれど。

梓が尋ねると、遠藤は胸ポケットから名刺を一枚取り出した。

受け取って見てみると、そこには『株式会社ライトパートナーズ』とある。どこかで聞いたような社名だが、どこだったか。記憶があやふやでピンとこない。

あのパーティーは間接的にかかわりのある会社も招待していたため、ライトパートナーズも少なからずクレアストフォームの関係先なのだろう。

当然ながら遠藤の顔にも見覚えがない。

「ごめんなさい、記憶にないんです」

「トイレの場所を聞かれたのは?」

「えっ、あぁ、あのときの」

そう言われて梓はようやく思い出した。

螺旋階段を一緒に上がって案内した招待客がいたが、その男性だったのか。

「思い出していただけたようですね」

「はい。あのときは大変失礼いたしました」

二度目にトイレの前で会ったときにも声をかけられたが、梓は一樹にさらわれるようにしてその場を立ち去る事態になり、それきりだ。

「いえ。大丈夫だったんですか？　なにやら大変な騒動だったようですが」

「あ、はい……。本当に申し訳ありません」

あの場面を見た遠藤がどう思ったのかはわからないが、とにかく謝る以外にない。

「遠藤さんはね、そのパーティーで梓を見初めてくださったのよ」

我慢しきれなくなったのか、陽子がそこで口を挟んできた。

予想もしないことを言われ、梓の目が点になる。

（私を……？）

誰かにそうして好意を示されたのは初めて。それも、地味な自分にひと目惚れだとはどうしたことか。

梓は信じられない思いで遠藤を見た。

「そうなんですよ。そうしたら、父とよく行く『忍び草』のおかみさんがあなたのお母様だと知りましてね。それでこうして梓さんとお会いできるように取り計らっていただいたんです」

遠藤は陽子の店の常連客でもあるみたいだ。

「おばあちゃんも、梓が恋人を連れてくるのを楽しみにしてるでしょ？　遠藤さんはこうして素敵な方だし、梓にはいいお話じゃないかと思って」

「う、うん……」

つい曖昧な受け答えになる。

遠藤は誠実そうだし、とても光栄な話だとは梓も思う。思いはするが……。

梓の頭に浮かんでくるのは、一樹の顔だった。

「もしかして梓、本当はお付き合いしている人がいるの？」

「ううん、そうじゃないんだけどね……」

一樹は正式な恋人ではない。

「それならいいんじゃない？」

「でも……」

梓の気が乗らないのは、紛れもなく一樹の存在が心にあるからだろう。

偽りの関係なのはわかっている。それがいつまでも続くものではないのも。

「お返事を急かしたりしませんので、一度よく考えていただけませんか?」

「そうよ、梓。こんなにいいお話をふいにするのはもったいないわ。すぐに結婚がどうこうじゃなくて、お友達から始めてみるのもいいと思うの」

ふたりから同時に言われ、梓は反論できなくなる。

友達としてなら、ここで無下にするのは失礼かとも思った。

「梓さんに僕を知ってもらわなければ、話も進みませんしね。僕のお友達になっていただけませんか?」

恋人になってほしいと言われれば首を横に振れるが、友達になってほしいと言われて、嫌だとは言えないだろう。

「はい……」

了承しないわけにはいかなかった。

隣に座る陽子が手を叩いて盛り上がる。

(単なる友達なのにな)

梓がそう思ったところで、大はしゃぎする陽子を止める術はなかった。

その後、三人で料理を楽しみ、そろそろお開きという頃だった。

「梓さん、もう少しだけお付き合いいただけませんか？」

遠藤は、最上階のラウンジに行こうと言う。

「いいじゃない、梓。夜景がとっても綺麗らしいわよ」

「お母さんも行く？」

三人ならいいかと思ったが、陽子は「私が行ったらお邪魔でしょ。ふたりで行ってらっしゃい」とおおいに盛り上がる。

どちらかと言えばロマンチックな場所に、友達になったばかりの遠藤と行くのはどうしたって気が重い。そうでなくても梓は、男性とふたりきりになるのは一樹以外では経験がないのだから。

「行きましょう、梓さん」

遠藤にニコニコと微笑まれ、ノーとは言えなかった。

「明日も早いので少しだけなら」

仕事を理由に早く帰してもらう魂胆だ。

「そう言わずにゆっくりしてらっしゃい。お母さんが明日の朝、ちゃんと起こしてあげるから」

余計なひと言はやめてと目で言ってみるが、当然ながら陽子がその視線に気づくはずもない。なにしろ梓に男性を紹介した高揚感でいっぱいだからだ。

座敷を出て小上がりでスタッフに靴を揃えてもらっていると、梓はふと横に人の気配を感じた。邪魔になるかと思い、その人物をよけて見上げた梓はそこで驚いて声をあげる。

「かず、……社長⁉」

一樹のうしろに見知った取引先の顔が見え、咄嗟に呼び方を変える。

「佐久間さんじゃないか」

一樹の方も目を丸くして驚いていたが、一緒にいる取引先の手前〝梓〟と呼ばないあたりは冷静だ。

お互いに目を見開き、しばらく見つめ合った。

「梓、こちらは？」

陽子に尋ねられ、クレアストフォームの社長だと紹介する。

「まぁ、いつも娘がお世話になっております」

一樹の瞳が一瞬揺れたように見えた。こんなところで会ったのだから、それも無理はないだろう。

　ただ、それもほんの一瞬。すぐにいつもの堂々とした一樹に戻る。

「佐久間さんのお母様でいらっしゃいましたか。佐久間さんにはよくやっていただいております」

　陽子に目礼で返した。

　そこで一樹の視線が遠藤に注がれ、梓になんとなく緊張が走る。

　一樹に一方通行の想いを抱えている身として、別の男性と一緒のところを見られたくはなかった。

「今後も娘をどうぞよろしくお願いします」

　陽子がそう締めくくり梓もそれらしく頭を下げたところで、今度は遠藤が一歩前へ出た。

「ライトパートナーズの遠藤と申します」

　名刺を差し出しながら自己紹介をする。

　一樹は名刺を見ながら社名を口にし、首をかしげて遠藤を見た。一樹にもすぐに思いあたる会社ではないのだろう。

「やっぱりわからないか」

　ボソッと遠藤がつぶやく。それは油断すれば聞き逃しそうなほどの小さな声だった。

一瞬だけ顔に影が差したようにも見えたが、すぐに穏やかな表情に戻る。

「先日は大変盛大な創立記念パーティーにご招待いただき、ありがとうございました」

遠藤にそう言われて、一樹は「あの場にいらしたのですね」と紳士的な笑みを浮かべ、胸ポケットから名刺を差し出した。

「あのパーティーで体調を崩されたと伺いましたが、その後お加減はよろしいのですか？」

「はい。この通りすっかり回復しております」

対外的な会話の後、遠藤がパッと梓を見る。

「では梓さん、行きましょうか」

遠藤が梓の腰にそっと手を添えた。

梓は、突然の扱いにビクッと肩を弾ませる。

「え、あ、はい……」

どことなく気まずい思いをしながら、一樹に一礼して山口楼を三人で先に出ていく。

うしろが気になったが、遠藤の早い足取りに合わせて歩みを進めた。

先に帰る陽子とエントランスロビーで別れ、梓たちはエレベーターホールへ向かう。

すると、信じられないことに一樹が梓から少し離れたところに立った。

（えっ、一樹さんも上に行くの？　やだ、どうしよう……）

取引先とは別れたのか、一樹ひとりのようだ。

乗り込んだエレベーターで遠藤がパネルの三十五階をタッチし、一樹に「何階ですか？」と尋ねる。

「同じで」

なんと、一樹もラウンジへ行くらしい。

一樹はひとりでよくそこへ行くようだから、純粋にお酒を飲みに行くだけにすぎないのかもしれない。でも、エレベーター内の空気はどことなく重苦しく感じた。

遠藤になにか話しかけられたが、梓はそれどころではなかった。

三十五階へ到着すると、先に降り立った一樹の後を追うように梓たちもラウンジへ入る。パノラマ写真のような夜景が広がる長いカウンター席の隅に、梓と遠藤は案内された。

一樹の席は対極の隅。カウンターが軽く弧を描いているため、間に人が座っていても一樹の姿は見えた。

「梓さんはなににしますか？」

「あぁえっと……オ、オレンジジュースにします」

意識が一樹の方に飛んでいたため、しどろもどろになる。

「え?　そう言わずに一杯くらい付き合ってくれませんか?」

遠藤の口調から、断れない雰囲気が漂った。

「カシスオレンジあたりならアルコール度数も低いですし。どうですか?」

「……あ、はい、では……」

できればお酒は飲みたくなかったが、かたくなに拒めずに遠藤に従う。

「梓さん、あまり飲まない方なんですか?」

「そうですね、弱いので」

「女性はそのくらいの方がかわいらしいですね」

滅相もないと、梓が軽く首を横に振る。

そういえば遠藤は、梓をあのパーティーで見初めたとか。今さらながら信じがたい話を思い出した。

あの場に一緒にいた絵梨にひと目惚れをするならわかるが、自分はそんな対象になるような女ではないと不思議でならない。

出されたカクテルでひとまず乾杯する。

「梓さん、お休みの日はなにをされていますか?」

「特別な用事がなければ、自宅で本を読んだりだとか……」

多香子が入院してからは病院へ行くときもあるが、普段は一日家で過ごす方が多い。

「僕もこう見えて読書が好きなんですよ。梓さんはどういった本を読まれますか？」

「いろいろと読みますが、ハードボイルドやミステリーが好きです」

「ハードボイルド！　僕も好きですよ！　あ、あれ読みましたか？　えっとなんてタイトルだっけかな。……そうだ、『リッチモンドの夕べ』」

遠藤が本の話をうれしそうにするのを聞きながら、梓の神経は一樹に向いていた。

一樹は梓の方を見もせず、梓が一方的にチラチラと視線を送り続けるだけ。まるで、梓がどうしようが興味がないといった感じに見えた。

でも、それもそうだろう。一樹は恋人であって恋人でない。一樹の気持ちが梓にあるわけではないのだから。

そうして一樹を見ていると、彼がふと立ち上がった。どこへ行くのかと思いつつ背中を見続けていると、一樹はラウンジから出ていった。

（帰ったのかな……）

梓は、ホッとしたような、寂しいような気持ちに包まれる。

「梓さん？　聞いてますか？」

「えっ、あ、ごめんなさい。ちょっとボーっとしていました。お酒のせいかな」

そう言って愛想笑いを浮かべ、ハードボイルド小説の話に乗る。

遠藤は、暗い過去を抱えたヒーローがそれを乗り越え、いかにカッコよく悪と対峙していくかを楽しそうに語る。

その小説を読んでいない梓が黙って聞いていると、バッグの中でスマートフォンが着信を知らせて鳴り始めた。誰だろうと思いながら、「ちょっと失礼します」と遠藤に断り、席を立ってラウンジの外へ出た。

画面に表示された名前を見てドキッとさせられる。一樹だった。

「もしもし」

そう応答するや否や、通話が切られる。

(あれっ？　どうして切れちゃうの？)

そう思いつつ店内を覗こうとしたところで、一樹がいきなり現れた。

「一樹さん、今、お電話くれましたか？」

「かけたよ」

なんとなく機嫌の悪い様子が見て取れるが、梓にはその理由がわからない。

(もしかしたら、さっきの取引先の方との会食でなにかあったのかな)

そう考えてみたが、険悪なムードには見えなかった。

「誰？」

「……はい？」

「あの男」

「ライトパートナーズの専務さんです」

一樹にしては珍しく、ぶっきらぼうな言葉のキャッチボールだった。

名刺交換をしていたのになんでそんなことを？と思いながら梓が答える。

一樹は小さくため息をつきながら、「そうじゃなくて」と切り返した。

「どうして一緒にいたんだ」

「母が私に紹介を」

「なんで」

「恋人がいないのを心配して、それで……」

責められているように感じるのは、梓の気のせいだろうか。

じりじりと真綿で締めつけられているような感覚だった。

「だから普段履かないハイヒールでめかしこんだわけか」

「これは違うんです。そんなつもりじゃなくて……」

そこで梓は、ふと思いあたることがあった。

一樹は、友里恵がいつどこで見ているかもわからないのに、別の男と一緒にいるとはなんだと言いたいのかもしれない。

一樹が自分の婚約者だと言って友里恵に紹介したのに、その梓がほかの男と会っていたのでは信ぴょう性がなくなる。

「ごめんなさい。三島さんのことも考えずに」

梓が慌てて謝ると、一樹は「……三島？」と眉根を寄せた。

「ともかく行こう」

「えっ？」

行くとは、いったいどこへ。

「バッグは持ってるだろう？」

一樹が梓の手を掴む。

「ですが……！」

遠藤をこのままにしておくわけにはいかない。

「挨拶もしないで帰れません」

「それならひと言断っておいで」

優しい言葉のわりに強い口調だった。断るのを許さないような目も梓に注がれる。

わけがわからない梓だったが、遠藤とふたりきりでこれ以上いたいとも思わず、

「はい」と言ってラウンジに戻った。

ちょうどカクテルを飲み干し、バーテンダーにお代わりをお願いしている遠藤に声をかける。

「遠藤さん、ごめんなさい。急用ができてしまって」

「……急用ですか？　もしかして今の電話？」

嘘が心苦しくて、声に出せずにうなずく。

「そうですか。それは残念だけど、また今度にしましょう」

遠藤はあっさりと引き、名刺に自分のスマートフォンの番号を書き記した。

「これ、僕の電話番号です」

受け取るのをためらっていると、「はい」と強く突き出される。友達になったのだから、もらわないのは失礼だ。

「ありがとうございます」

頭を下げ、ラウンジをそそくさと出る。自然と足が速まるのは、一樹のもとに早く行きたいからだろう。

一樹はエレベーターの前に立って待っていた。

なにも言わずに梓の肩を引き寄せたのは、やはり友里恵が近くで張っているからなのかもしれない。だから心なしか一樹の機嫌が悪いのだろう。

てっきりこのまま帰るのかと思いきや、エレベーターに乗り込んだ一樹は一階ではなくひとつ下の階を選んだ。

「一樹さん、どこへ行くんですか？」

「部屋を取ったんだ」

タッチパネルを見たまま一樹が答える。

「部屋って、ホテルの部屋ですか？」

「それ以外になにがある？」

言われてみれば、たしかにそうではある。

「今夜はここに泊まられるんですか？」

さっきラウンジで少しの間姿が見えなかったのは、チェックインを済ませてきたのかもしれない。

「梓も一緒にね」

「……はい？」

これには梓の目が点になった。

友里恵の目をごまかすために、一樹とはひと晩過ごした過去がある。なにもなかったとはいえ、またあの夜のように一緒にいるのかと想像し、梓の胸はドクンと弾んだ。

一樹への気持ちがあるのとないのとでは、心のあり方が全然違う。

「三島さんですか？」

「さっきから三島三島と言うけど、三島がいったいなんだって？」

一樹が少しだけ苛立ったように見え、「ごめんなさい」と咄嗟に謝る。

（今夜の一樹さん、ちょっと変だな。気に障ることを言ったつもりはないんだけど……）

「三島さんの目を欺くためなのかと思ったんです。すみません……」

「いや、悪い。キツイ言い方だったな」

一樹の手が抱いていた梓の肩をトンと優しく叩いた。

「梓とじっくり話したい」

「私と、じっくり？」

梓をじっと見つめる一樹の目に熱がこもったように見えて、鼓動が加速していく。

いったいなにを話すのか。

偽りの婚約者としての振る舞いがなっていないとただされるのか。それとも、お役御免になるのか。

わからないまま一樹に連れられ、エレベーターを降りて部屋のドアの前に立つ。かざしたカードキーで開錠された扉の中に入ると、とてつもなく広い空間が広がっていた。毛足の長い絨毯はふかふか。ヨーロッパの宮殿の中にいるようなロココ調の家具が並び、上品なドロップ型のシャンデリアがきらびやかな光で照らす。どこもかしこも高級感にあふれていた。この前の豪華客船のスイートより広くゴージャスな印象だ。

ホテルといえばシングルルームしか知らない梓は、その場で呆然と立ち尽くす。

一樹はブリーフケースをソファに置き、自分もそこに座った。

「梓も座って」

自分の隣を手でトンと叩き、梓を呼び寄せる。

「……失礼します」

一応そう断り、拳三つ分ほど空けて座ると、一樹がその間を詰めて梓に迫る。

反射的に梓がお尻をずらそうと腰を上げかけたところで、一樹の手に阻まれた。

「逃げるな」

手を掴まれ、ドキッとさせられる。

「逃げたわけではないのですが……」

強い視線に怯んで目を逸らした。

「もう終わりにしよう」

言われた言葉にショックを受けて一樹の顔を見る。

やっぱりと思わずにいられなかった。一樹からお役御免を言い渡されたのだ。予想していたとはいえ、実際に言われるとかなりこたえる。偽りでも、もう一樹のそばにいられなくなるのだから。

本物の恋人ができるまでと言っていた期限が、いきなり切り上げられてしまった。

それもこれも梓の力不足が原因だろう。それを決定づけたのが、さっきの遠藤との一幕に違いない。

陽子の再婚だと勘違いしてのこのこやって来たら、自分で自分の首を絞めることになってしまった。悔やんでも悔やみきれず、梓は間抜けな自分を恨んだ。

一樹の顔を見ていられなくなり、唇を噛みしめてうつむく。

最初から終わりの見えていた関係だった。一樹にも初めにはっきりそう言われていたのだから。ここでメソメソと悲しい顔をして終わりにしたくない。

顎をぐっと上げ、もう一度一樹を見る。なんとか笑ってみるが、唇の端が震えた。

「か、一樹さん、今日までありがとうございました。……すごく楽しかったです。短い間でしたが、とてもいい思い出に——」

「なにを言ってるんだ」

一樹が訝しげに眉を動かす。

「私、偽りの婚約者をクビになったんですよね？」

「そうだな」

「ですから最後の挨拶を」

「偽りをやめて本物にするって意味だ」

言うなり、一樹が梓の肩を引き寄せる。もう片方の腕が梓の体に巻かれ、強く抱きしめられた。

（本物にするって……まさか、本当の恋人？）

一樹の言葉がにわかには信じられなくて、梓はなにも答えられない。

予想していたものと正反対の展開が訪れ、頭が混乱する。

「梓が別の男と一緒にいるのを見て、気が狂うかと思った。俺の梓になにしてんだって、すぐに奪ってやろうかと思ったけど、そんなカッコ悪いところを見せたら梓に幻滅されるだろう？　だから努めて冷静に、梓を連れ去った」

　一樹の腕に抱かれ、その口から奇跡のような言葉を聞かされた。

　見せつけられた独占欲に梓の胸が熱くなる。

　そっと引き離されて見つめ合った一樹の瞳が、熱を帯びて揺れている。

「梓が、たまらなく好きだ」

　かすれた甘い声が鼓膜を震わせる。

「……本当ですか？」

　そんなことを言われる日がくるなんて、誰が想像したか。少なくとも梓は、まったく考えられなかった。

　時が経てば終わりを告げる関係。そう思ってきたからこそ、気持ちを押し殺してきたのだから。

「梓が好きだ。だから俺のそばにいろ」

　答えるより早く唇を塞がれた。一樹から思いがけない言葉をもらい、梓の胸がうれしさに震える。

　反応を見極めるように優しく触れていたのは最初のうちだけ。一樹の舌先が唇を割り、梓の中に侵入した。どうしたらいいのかわからず、梓が奥の方に舌を引っ込めていると、ゆっくりと口腔内を動き回った一樹の舌が、梓のそれを探りあてて絡める。初めての感覚が梓の背筋に甘い痺れを走らせた。背中に回していた手で一樹にぎゅっとしがみつく。

呼吸がうまくできずにいると気づかれたか、一樹が不意に唇を離した。肩を上下させて息を吸い込む梓の頬に一樹が優しく触れる。

「梓……」

甘いささやき声が耳孔をくすぐり、それだけで胸の奥がきゅうっと締めつけられる思いがした。

「……今のは、ペナルティのキスじゃないですよね？」

一樹の告白を聞いても、そう確認せずにはいられない。

「好きっていうのも冗談だって、言わないですよね？」

今さら笑い飛ばされたら、きっと梓は立ちなおれなくなるだろう。〝そうですよね〟としおらしく引き下がれない。

「冗談では言わないよ」

ホッとして、喜びが再び込み上げる。

「よかった。ペナルティのキスでもうれしかったんです。でもやっぱり……」

心のないキスは、もう欲しくない。

嫌がるそぶりをしていたのは、一樹に気持ちを悟られないためだった。

「梓は俺を煽るのが相当うまいな」

「煽っているつもりは――ひゃっ！」

言い終わらないうちに梓の視界が反転する。一樹にソファへ押し倒された。

「もう我慢の限界。梓のすべてを手に入れるまで今夜は離してやれない」

痺れるくらいに熱い一樹の視線が梓をしっとりと見下ろす。

「手に入れたら、それでおしまいなんですか？」

「そんなわけがないだろ。ずっと離すもんか」

降りてきた唇が、不安を拭い去れなかった梓の唇を塞いだ。

梓の胸にあった、いずれは離れなければならない寂しさが、一樹のキスでみるみるうちに小さくなっていく。それと入れ替わるようにして胸にあふれたのは、一樹への想いだった。

（一樹さんが大好き）

その想いを込めて、一樹のキスに懸命に応える。

万歳するような格好でつないだ手に力が入った。なにも考えられず、ただ一樹を感じるだけ。

移動した一樹の唇が、額や頬、まぶたにもキスを落としていく。

耳たぶを軽く食まれ、梓は自分でも信じられないほどの甘い声を漏らした。恥ずかしさから、絡めていた手を離して口もとを押さえると、

「かわいい声だ。我慢する必要はない」

ささやいた一樹は、梓の手をもう一度優しくソファに縫い留めるようにした。

これから訪れるであろう〝事態〟は、もはや避けられないと思えた。

「あの、一樹さん、私こういうのは初めてで……」

「わかってる。梓はなにも心配しなくていい。俺に全部預けろ」

一樹にすべてをゆだねる。それだけでいい。

心強い言葉に小さくうなずく。

一樹はふっと笑みを漏らし、梓の唇を再び塞いだ。

温かく逞しい腕に抱かれながら、梓は激しい嵐の後に訪れた静かな時間に身をゆだねていた。

心が通じ合い、体が結ばれるのが、こんなにも人を幸せな気持ちにさせるのだと梓

は初めて知った。

一樹が大事なものに触れるように優しく慎重に扱ったため、初めての経験であっても梓はなにひとつ怖くなかった。それどころか、自分の体の反応に驚いたくらいだ。乱れたシーツの上で一樹が梓を抱き寄せる。まるで祈りでも込めるかのように、梓の額に長いキスを落とした。

「一樹さんが私を好きだなんて、まだ夢みたいです」

実はこれが夢で、目が覚めたら現実はまったく違うと言われても不思議ではない。自分が誰かと恋に落ちるのも、その相手が一樹のような素敵な男性なのも、ふたりの間に存在するすべてが、いまだに非現実的だ。

「夢じゃない。紛れもない現実だ」

言葉こそ違うが、好きだと言われたようで胸が熱くなる。

「でも、不思議なものだな。俺の祖父と梓のおばあさまが、昔お互いを想い合っていたなんて」

「……はい。私の祖父には悪いなと思ったのですが、一樹さんのおじいさまと私のおばあちゃんが一樹さんと引き合わせてくれたのかな、なんて考えてしまいました」

その話を一樹の父親から聞いたときに、梓は一樹への気持ちをはっきりと自覚したのを思い返す。どこか運命めいたものを感じずにはいられなかった。

「そうかもしれないな」

だとしたら、この出会いを大切にしていきたい。

梓は強く願った。

梓を抱いたままの一樹の手が、サラサラと髪をもてあそぶ。

「コンプレックスのこの髪を誉めてくれたのは、一樹さんが初めてです」

「こんなに綺麗な髪なのに」

そう言って、髪にキスを落とす。

「身長が高いのも、ずっと嫌でした。小さくてかわいらしい女の子に生まれたかったって、ずっと思って生きてきたので。でも、一樹さんと一緒にいて、そんな自分も好きになりました」

「俺にしてみたら、梓はかわいらしい女の子だぞ」

「そう言ってくれるのは、一樹さんだけですよ」

梓はクスッと笑いながら、腕の中で一樹を見上げた。

「一樹さんが、全部初めてなんです。恋もキスも、……それから今したことも」

「知ってる」

余裕の笑みを浮かべ、一樹が梓の髪を愛おしそうになでる。

「梓が、誰のものにもなっていなかった奇跡に感謝するよ」

二十七歳にもなってすべてが初めてだと白状する梓を馬鹿にするでもなく、さげすむでもない。一樹は梓のすべてを受け止めたのだ。

「一樹さん、ありがとうございます」

思わず感謝の言葉を告げると、一樹は上体を起こして梓に覆いかぶさった。

「梓にひとつ教えよう。こういうときに言うのは、ありがとうじゃなく」

「大好き、ですか？」

「よろしい」

一樹は満足げに微笑むと、梓にとろけるような甘いキスをした。

幸せの後先

クレアストフォームの社長室は、タワービルの三十八階に位置している。建ち並ぶ高層ビル群の中で抜きんでた高さのため、その眺望は格別。夜になれば、きらめくネオンが光の海のように広がる。

梓とスイートルームで一夜を過ごした翌日の朝。ブラインドを開け放った一樹は、背もたれの高い椅子にゆったりと腰を下ろしてコーヒーを飲んでいた。

朝日に照らされた街並みを見下ろしながらそうするのは、一樹の毎朝の日課である。そうして一杯のコーヒーを飲み終えるまでの間に、頭の中で今日一日の仕事の段取りとシミュレーションを行う。それによって、よりスピーディーに効率よく仕事をこなせるのだ。

忙しいからこそ、朝のそのひとときがとても重要になる。

一樹は、幼い頃からなんでもできる子どもだった。それも単に〝できる〟のではなく〝ナンバーワン〟になる出来だった。

日本でも有数の病院として名高い久城総合病院の院長を父に持つ一樹は、生まれたときから次期院長の肩書きがついて回った。目指すべき道が、赤ん坊のときから示されていたのだ。

一樹自身も、その自然な流れに逆らわず幼少期から少年期を過ごしていた。

勉強や運動ができれば周りから褒めそやされ、両親は喜び、女の子にもモテる。両親の多大なる期待に応える満足感もあった。

このまま次期院長として輝かしい未来に飛び込めば、なに不自由なく生きていける。そう考える裏側で、別の感情も抱えていた。

最初から用意されていた人生をこのまま歩いていいのか。勉強も運動も好きだが、だからといって誰かから決められた〝自分〟でいいのか。

相反する気持ちの狭間で揺れながらも、一樹は最難関といわれる大学の医学部へ進んだ。

そんなあるときのことだった。たまたま歩いていた街で、突如として現れた〝虹の空間〟に魅入られた。それは、街の一角を使った空間パフォーマンスだった。

光や水を使い、あらゆる形をした色彩豊かな虹が街中に出現する。その様は、一樹の目と心を一瞬にして奪った。時間が経つのも忘れて見入り、日が暮れるまでその場に立っていた。

もともと絵を描いたり物を作ったりするのが大好きだった一樹は、〝これだ〟と直感。自分のしたいことは、ここにある。

そう思ったら、医学の道に魅力を見出せなくなった。

両親が喜ぶから、周りが褒め称えるから。そんな理由で歩いてきたレールの上から降りると決意。大学を退学した。

情報をかき集め、空間デザインを学べる専門学校への入学を決めたのは、それからすぐだった。

もちろん、両親の反対がなかったわけではない。退学を無効にするよう大学に働きかけたり、一樹の説得に懸命にあたったりした両親だったが、結局その決意を変えられなかった。

これまで親の期待通りに生きてきた一樹の初めての反乱は〝勝ち〟を収め、めでたく好きな道を突き進むことに成功したのだ。

このとばっちりを受けたのは同じく医師を志していた、ひとつ年下の弟、修矢(しゅうや)だった。

いつも一樹の影に隠れるようにしていた修矢は、いきなり次期院長の期待を背負うはめになってしまった。一樹のように前へ前へと出るタイプではない修矢には、相当な負担になるだろう。

そう心配していた一樹だったが、修矢はそんな期待に押しつぶされず、見事に応えている。現在は久城総合病院の小児外科医として、その腕を日本中に知らしめているのだから。

「社長、今日はやけにご機嫌ではないですか？」

毎朝寸分たがわずいつもの時間にスケジュールの確認に入る友里恵は、途中で手帳から顔を上げ、一樹を真面目な表情でまじまじと見る。今日もいつも同様に、まるでスタンプでも押したような身だしなみである。

ワンレンボブのヘアスタイルは一本の乱れも許さず、まつ毛のカールも毎度同じ角度。ついでに言えば、質問するときの首の傾斜まで同じときている。

友里恵ほど几帳面な人間を一樹は知らない。

そして、友里恵の指摘通り一樹の機嫌はすこぶるいい。なにしろ一樹は、梓のすべてを手に入れられた。上機嫌にならないわけがないだろう。

「昨夜、佐久間さんとご一緒だったのではないですか？」

「さすが三島」

一樹が思わず口笛を鳴らすと、友里恵に「社長」と軽くたしなめられた。

「今朝早くに『菅原建設』の社長より、昨夜のお礼のお電話が入りました」

菅原建設は、現在のクレアストフォームで最も大がかりなプロジェクトである、結婚式場を施工している会社だ。エントランスのスロープではトラブルもあったが、そのほかの建築は滞りなく進んでおり、中締めの意味合いを持った食事会の席を設けたのだ。

そのトラブルも首尾よく解決している。現場監督の高橋の手腕により、工期の遅れもほとんどない。

「たったそれだけで、よく梓と一緒だったとわかったものだな」

「いえ、それだけの情報ではございません。その後、次の店に行くご予定を久城社長が急きょお断りになったと菅原社長がおっしゃっておりまして、それでもしやと思った次第です」

一樹の機嫌のよさと予定のキャンセルを梓に結びつけるのだから、大した推理力だ。

梓をその場しのぎの婚約者ではないのかと疑惑の目を向けていた友里恵だが、それも最初のうちだけ。尾行をして監視した結果、ふたりの演じっぷりがよかったのかすっかり信じたようだ。

本物の恋人になった今思えば、友里恵のその監視がふたりを近づけるきっかけになったといってもいいだろう。

初めは一樹も、見合いパーティーさえ逃げられればいいと思っていた。たまたまあの場に居合わせた梓に、特別な感情があるわけではなかった。

社内で見かけても、顔と名前が一致しないくらいに低い認知度。それがどういうわけか、梓を知るにつれて強烈に惹かれる自分がいた。

思えば、これまでひとりの女性と真剣に向き合った経験はなかったかもしれない。フィーリングが合えば気軽に付き合った。恋愛感情よりも、一緒にいて楽しければそれでよかった。女性遍歴が激しいと言われた時期もある。それこそ次から次へ取っ替え引っ替えだった。

だからなのか、別れる場面になっても悲しい感情はほとんどなかった。一緒に食事する相手が減る。それだけだった。

梓も、そんな延長で考えていた相手だった。さすがに偽りの婚約者という役回りを演じてもらうのは初めてだったが。

社長の肩書きのせいか、近寄ってくる女性はたいていが華やか好き。一樹をアクセサリーかなにかと考える女性もいただろう。フレンドリーと言えば聞こえはいいが、すぐに親しげな態度をとられるのが普通だった。

ところが梓は、一樹の知っている女性たちとは違っていた。

真面目で律儀。華やかさから距離を置き、硬い態度を変えようともしない。何度指摘しても、話し口調は馬鹿がつくほどに丁寧。プレゼントを喜ぶどころか、逆に迷惑にすら感じている様子だった。

そんな梓がときおり見せる無自覚で無垢なかわいらしさは、恋愛経験のなさからくるものなのだろう。

それを見せつけられるたびに、また、ペナルティを理由にキスするたびに、一樹の中で梓に対する想いが育っていった。

「交際が順調でなによりですが、ご結婚はいつ頃なさる予定ですか？　仕事のスケジュールもございますので、ある程度余裕を持っていただけると私といたしましても助かります」

「わかってる。その辺はまたあとで」

右手を上げてひらひらとする。

「一日も早いご結婚をお待ちしておりますので」

「わかってるって」

「本当におわかりですか？　いいですか、社長。経営者たるもの……」

いつもの友里恵の説教が始まったなと、一樹は彼女に見えないように小さく息を吐いた。

一樹たちは恋人として付き合うようになって、まだ十数時間しか経っていない。結婚する気がないわけではないのだ。どちらかといえば、一樹は前向きに考えている方。それでなくとも新婚の弟にあてられていてかなわない立場だ。

友里恵の小言を適当に聞き流しながら、一樹はデスクの引き出しからファイルを取り出した。

「その話はまた今度。そろそろ向かおう」

今日はこれから、デザインチームとの結婚式場の打ち合わせが入っている。壁材と床材の確認と、来週早々には現場でのすり合わせの予定だ。

友里恵は腕時計を確認して、非を悔いるように背筋を伸ばす。

「私としたことが。失礼いたしました。すぐに準備して向かいますので、社長はお先にどうぞ」

時間に正確な友里恵だ。打ち合わせに遅れるのは性格的に黙っていられない。

一樹は友里恵を置き、ひとりで先に三十七階のミーティングルームへ向かった。

エレベーターを降り真っすぐ続く通路を歩いていると、少し先に梓の姿があるのに気づく。

長い黒髪をわずかになびかせハイヒールで歩くうしろ姿は、極上の女以外のなにものでもない。その様子を見て一樹はぐっとくる。

足音をひそめ、梓に背後からそっと近づく。前後左右をさっと見渡して誰もいないのを確認してから、一樹は梓の手を取り近くの部屋の中に一瞬のうちに引き入れた。

息を吸い込み、今にも悲鳴をあげそうになった梓の唇に人さし指を立ててあてる。

「か、一樹さん⁉」

これ以上ないくらいに見開いた梓の目は、一樹だとわかりシュッと細められる。

「驚かさないでいただけませんか？　なにが起きたのかと思ってしまいますので」

肩を上下させるほどに胸をなで下ろした。

「なかなかの早業だろう？」

一樹がクスッと笑うと、梓は「笑いごとじゃありません」と軽く釘を刺す。

「誰かに見られたらスキャンダルになりますから」

「スキャンダル？　おおいに結構。俺は誰に見られようとかまわないぞ。なんなら今すぐここから出て、梓とオフィシャルになってもいい」

その方が公然といちゃつけると思うあたり、一樹は梓にぞっこんだ。

「それはいけません」

「どうして」

一樹が詰め寄ると、梓はジリッと一歩後退し、頬をほんのりと赤くして見上げた。

「一樹さんが社長だからです。その相手が私では、格好がつかないです」

ハイヒールを履いたくらいでは、自信を持つにはまだ足りないらしい。

だが、一樹には格好がつかないと思う理由がわからない。

「自分を卑下するな。梓は誰にも負けないいい女だ。それは俺が保障する」

「そ、そんなことをこんなところで言わないでください」

「それじゃ、どこならいい？」

「それは……」

梓の目が忙しなく泳ぐ。どこだと答えればいいのか、真剣に悩んでいるようだ。

その様子があまりにかわいすぎて、一樹は思わず口づけた。

「か、一樹さん、なにをなさるんですか！　ダメですよ……！」

「愛しい恋人にキスしたらダメな法律でもあったか？」

〝愛しい〟に反応したのか、梓の顔が一気に真っ赤になる。耳までゆでダコ状態だ。

そんな初心なところが、たまらなく愛おしい。

「そんな法律はないと思いますが、クレアストフォームの服務規律にはあります。社内風紀を乱してはならないって」

なるほど。服務規律を持ち出してきたか。

一樹はムキになる梓がおかしくなり、ついプッと噴き出した。

「どうして笑うんですか？　本当にあるんですよ？　一樹さん、クレアストフォームの社長なのにご存知ないんですか？」

「それじゃ、社長の一存でその規律はたった今から無効とする」

もちろんジョークのつもりだが、梓は「そんな……」と大真面目に困った様子だ。

「梓、観念しろ」

一樹は己の欲するままに、梓を引き寄せ唇を重ねた。

（こんな事態が今まであったか？　俺、相当やばい状態だろ……）

梓に対する愛情の膨れ具合を認識して、自分に驚く。

そう冷静に分析していたのは最初だけ。一樹は梓の両脇に手を添えてテーブルに座らせ、奪うような口づけを続ける。

口内をゆっくりとかき回し、激しく舌を絡め合う。そうしているうちに梓から吐息が漏れ、一樹の理性を激しく揺さぶる。

（いっそこのままここで梓を……）

そんな一樹の暴走を止めたのは、ほかでもなく梓だった。一樹の胸をぐっと押し、唇を離す。

「急ぎの仕事があるんです。すぐに戻らなきゃ」

軽く息を弾ませながら、そう訴える。潤んだ瞳を見て、もう一度手を伸ばしかけた一樹だったが、さすがにそこはとどまった。一樹もこれから大事な打ち合わせだ。

「明日の土曜日、空けておくように」

「はい。では、失礼します」

梓は丁寧に頭を下げ、部屋から先に出ていった。

打ち合わせの場所に到着した一樹が、「社長、どちらにいらしてたんですか？」と友里恵から問いつめられたのは言うまでもない。

翌日の土曜日、梓を迎えに来た一樹とふたりで向かったのは陽子の店、忍び草だった。真剣に付き合う以上きちんと挨拶をしておきたいと、一樹が強く希望したのだ。

忍び草は、梓の自宅がある最寄り駅から歩いて五分の商店街にある。平屋の店構えは祖父の代に建て替えたきりで老朽化は多少進んでいるが、まめに手入れを行っているため見た目は小綺麗だ。

　商店街は全国的に衰退しているらしいが、この街のそれはシャッター通りにならず、にぎわっている方ではないかと梓は思っている。

　開店時間の午後五時を待ち、暖簾をくぐって梓が店内に入ると、着物の上に割烹着を着た陽子は「あら、どうしたの？」とカウンターの中で驚いた。

　そのうえ、梓の後から先日ホテルで紹介された社長である一樹が現れると、慌てふためいた様子でホールに出た。なにが起こっているのか、どう声をかけたらいいのかわからないといった具合に梓と一樹を見比べる。

「先日は、ホテルでお会いできて光栄でした。今日は改めまして、梓さんのお母様にご挨拶をと思い伺った次第です」

「あの、それはえーっと……？」

　陽子の目が泳ぐ。それでもまだ理解できていない感じだ。

「梓さんとお付き合いをさせていただいております」

「えっ？　……えっ？」

　陽子が混乱するのも無理はない。

　実は、一樹とひと晩一緒に過ごして梓が朝帰りをした日、陽子は紹介した遠藤と一緒だったのだろうと思っていた。会ってすぐに朝帰りとはなにごと?と小言を言いながら、恋愛経験のない娘が大進歩を遂げたと喜んでいたのだ。

それがいったいどういうことなのかと困惑して当然だ。

「朝まで一緒にいたのは一樹さんなの、お母さん。ちゃんと話さないでごめんなさい」

「……だって梓、恋人はいないって言っていたじゃない」

それは嘘であって、嘘じゃない。梓は一樹の偽りの恋人だったから。

「お母様、大切なお嬢さんを朝まで引き留め、大変申し訳ありませんでした。深くお詫びいたします。実はあの夜、梓さんが別の男性と一緒にいるところに鉢合わせをして、このままでは梓さんがその人のものになってしまうと、慌てて奪い去りました」

「まぁ、そうだったの」

一樹の説明にようやく半分ほどは納得できたか、口に手をあてて激しくまばたきをしながら何度もうなずいた。

「梓にいつまで経っても恋人がいないものですから、ついお節介をね」

「母親であれば当然だと思います。私の両親も同じですから」

どちらかといえば秘書の方が熱心に探しているのでは?と、梓が隣で小さくクスッと笑う。

「そうおっしゃっていただけると助かります。立っているのもなんですから、こちらへどうぞ」

陽子は思い出したように梓たちをカウンター席へ案内した。

店内は白木を使ったテーブルと椅子が温もりを感じさせ、〝綺麗な和〟を想起させる。カウンター席が八席と、小上がりの座敷がふたテーブル。こぢんまりとした店である。

「お飲み物はなににいたしましょうか」

「私は車で来ましたので、お茶をいただければと思います。梓さんは――」

「私もお茶で」

隣に視線を投げかけながら言いかけた一樹を遮る形で梓が言う。

アルコールでふらついて、一樹に迷惑をかける事態にしたくない。

「わかりました。お料理は？」

「お母様にお任せします」

膝の上に手を置き、軽く頭を下げる一樹を前にして陽子がふっと微笑む。

「ふふ。なんだか〝お母様〟なんて照れちゃうわね。息子ができたみたいだわ」

「ちょっと！　お母さん！」

れど。

〝息子〟は先走りすぎだ。ひとり娘しかいない陽子の気持ちはわからなくもないけれど。

チラッと横目で見た一樹は、ただにっこり笑っていた。どう答えるべきか計りかね、とりあえず笑っておこうといったところか。

早速熱い緑茶と、先付である茎わかめの山わさび和えが出された。

丁寧に「いただきます」と言ってから、一樹が箸を取る。

陽子は〝お口に合うかしら〟といった様子で、じっと一樹を見つめた。

「おいしいですね」

「まぁ、よかったわ」

胸の前で両手を握りしめ、陽子がホッとした笑みをこぼす。

「コリコリとした食感と山わさびのピリッとした辛さが絶妙です。色彩も鮮やかですね。オツな一品です」

「ありがとうございます」

その後にはヤリイカのうま煮や里芋の白煮、カリカリベーコンのポテトサラダなど、陽子自慢の料理が振る舞われた。

「それにしても、梓にこんなに素敵な恋人を紹介されるなんて思ってもいなかったわ。

しかもクレアストフォームの社長さんなんですもの」

会話の合間に、陽子が同じ話を繰り返す。それだけ意外性が抜群なのだろう。

梓自身も、いまだに信じられないくらいだ。実は性質の悪いジョークでしたと言われても、〝そうだよね。やっぱり〟と納得するしかないのかもしれない。

「そうだ。遠藤さんには、お母さんから連絡を入れておくわね。せっかくのお話だったから失礼になっちゃうけど」

「ううん、それは私からきちんとお話しするから大丈夫」

そもそも梓が曖昧な態度をとったのが発端。たとえ一樹と本当に付き合っていなくても、好きな人がいるからとあの場で正直に言えばよかったのだから。

「それより、お店の方は大丈夫？　常連さんなんでしょう？」

「大丈夫よ。梓は心配しなくていいの」

陽子は軽い調子でそう言い、タコのから揚げを梓たちの前に置いた。

忍び草を出た梓たちは、一樹のマンションに向かった。

今夜はそこに泊まる予定になっており、一樹は陽子にも律義に了承を取っていた。

〝お泊り〟を前もって親に報告するのはかなり恥ずかしく、梓はなにも口を挟めずに一樹の隣で小さくなった。

明日は休みだから今夜からふたりでゆっくり過ごしたいと一樹に熱っぽい瞳で言われて、拒める女性はきっといない。

マンションの地下駐車場に到着して車を降りたところで、一樹は「ようっ！」と突然声をあげた。

知り合いでもいたのかと梓がかしこまって一樹の視線を追うと、そこにはスラッとした長身の男性がいた。涼やかな目もとが印象的だ。

「千花ちゃんは？」

一樹は、その男性の周りをキョロキョロと見回す。

「今、仕事帰りだよ」

「土曜日だってのに病院は忙しいな。お疲れ様」

病院という単語が、梓の記憶を刺激する。

（もしかしたら、弟さん？　たしか修矢さんといったような……）

弟はこのマンションに住んでいる医者だと、一樹が以前話していたのを思い出した。

男性の目が梓に向けられ、ニコッともしない表情を前に梓の背筋が伸びる。

「紹介するよ。佐久間梓さん」

一樹に紹介され、梓は「は、初めまして。梓です」と、慌てて自分でも名乗った。

「梓、こっちは修矢。俺の弟だ」

やはりそうだった。一樹はどちらかといえば穏やかな顔立ちをしているが、修矢はシャープであまり似ているようには見えない。

修矢は梓を数秒間見つめ、わずかに唇の端を上げた。

「兄貴も本気で恋愛する気になったたってわけか」

「まぁ、そうだな」

一樹は少し照れながら鼻の下をこする。

「うまくやれよ」

最後にささやかな笑みを残し、修矢は軽く手を上げて先に歩きだした。

「不愛想な弟だろ？　もうちょっと愛想よくしたっていいのにな。あれで小児外科医だっていうんだから」

一樹がフフンと鼻を鳴らす。けれどそこに嫌な感じはなく、逆に愛しさが滲んで見えた。きっと仲のいい兄弟なのだろう。

「いいえ、ちゃんと笑いかけてくれましたから」

「そうか？　俺にはちっとも見えなかったけどな」

冗談めかして一樹が笑う。

修矢は人見知りなのだろう。本当にかすかではあったけれど、梓に微笑んだのはたしか。そこに敬意が込められている気がして、梓はなんとなく胸が温かくなった。

部屋に入ると、一樹はすぐにお風呂の準備を始めた。

パールホワイトで統一されたパウダールームとバスルームは、貝殻を模した間接照明が放つオレンジの光でやわらかな印象を与える。

先日泊まったスイートルームにも引けを取らない上品さだ。汚さないように使おうと固く決意し、梓は細心の注意を払いながらシャワーを浴びた。

楕円形をしたバスタブからは、甘い香りのバスソルトが匂い立っている。梓を思って一樹が入れたのかとうれしくなる。

今夜は一樹とふたりきりの夜を過ごす。そう思うと、緊張と期待が入り交じってなんとなく落ち着かない。

この前の夜は突然だったから心の準備ができず、それがかえってよかったのかもしれない。

（あぁ、どうしよう。緊張しちゃう……！）

音も立てずに静かにバスタブにつかり、はやる気持ちをなだめる。ゆったりと足を伸ばし、大きく深く息を吐いては吸う。それを繰り返してから、「よし」と上がった。

入れ違いでバスルームに入った一樹は、ものの十分と経たないうちに濡れた髪のまま出てきた。

せっかくいい香りのお湯なのにと思いながら梓がソファから見つめていると、一樹はごしごしとタオルで頭を拭きながら隣に座った。

「ところで梓、本当にアイツに自分から言えるのか？」

「なんのお話でしょうか？」

小首をかしげて梓が尋ねると、一樹は「ライトパートナーズの」と続けた。うっすらと不機嫌な様子に見えるのは梓の気のせいか。

「それでしたら大丈夫です。それに、友達としてお付き合いをとの話でしたから」

梓は彼女になるのを了承したわけではない。友達宣言をされただけなのだ。

ところが一樹は、大きく深いため息をついた。

（……もしかしてあきれられてる？）

梓が一樹の顔を覗き込むと、珍しく鋭く睨まれた。

「梓はなにもわかっちゃいないな。男女として付き合う前提で、あっちは友達から始めようって言ってるんだぞ？」

「そうなんですかって、あのなぁ……」

一樹は膝に片方の肘を突き、手で顔を覆った。盛大にあきれているようだ。

「まぁ、それが梓のいいところって言ったらそうなんだけど」

「……けど？」

梓は、さらに顔を覗き込んでみる。

「無自覚すぎるのも罪だ」

「私、罪を犯しているんですか」

いったいどのあたりが罪なのか、梓にはさっぱりだ。

「重罪だな。ともかく、俺も一緒に遠藤に会う」

「えっ、どうしてですか。大丈夫ですよ」

陽子と遠藤の前で好きな人はいないといった態度をとったのは、梓の落ち度。その責任を一樹に押しつけようとは思わない。

「ダメだ。梓をひとりで行かせるわけにはいかない」

頑として一樹は譲らない。ソファにどっしりと座り、首を横に振る。

「……あの、ひとつ聞いてもいいですか?」

「なんだ?」

一樹が流し目で梓を見る。

「それってもしかして嫉妬、ですか?」

「だったら悪いか」

一樹は憮然として答えた。

嫉妬。まさか自分が、その感情を人に芽生えさせる日がくるとは。

「うれしい」

思わずそう口走った。

こんなにうれしいことはない。男の人にヤキモチを焼いてもらえたのだ。しかも、なにもかも手にしているような最上級の男ともいえる一樹に。

「まったくなんなんだよ、梓は。そういうのが無自覚って言ってんだよ」

「えっ? ……ひゃっ」

一瞬のうちに、梓はソファの上で一樹に組み敷かれていた。

「ほんっと、かわいくてたまんない」

一樹に言われる〝かわいい〟は、心臓にとても悪い。たったひと言で梓の胸を高鳴らせ、鼓動を速め、体温まで急速に上げていくのだから。

でも、心配事もひとつある。

「一樹さん、視力は本当に大丈夫ですか？　一度眼科へ――んっ……」

全部を言い終えるまでに、言葉は一樹の唇にのみ込まれた。

それ以上なにも言えなくなるほど激しく唇が奪われる。体中の酸素をすべて吸い尽くされるような勢いだった。

でも梓は、全然嫌だとは感じない。それどころか一樹の熱情が伝染して体が熱い。

バスソルトなのか、ふたりから同じ香りがするのが妙に刺激的だった。

抱き上げられベッドに連れていかれたときには、梓の体は一樹を焦がれて待ちわびていた。


翌週の月曜日。梓は出勤早々、ふたつのデザインチームをかけもった事務処理で大わらわだった。

空間デザイン会社が請け負う仕事の中で最も依頼率が高いのは、イベントブースのデザインである。そのオファーが金曜日に二件同時に入り、依頼主から聞き取りした希望やイメージ、コンセプトをまとめる作業に取りかかったのだ。

土曜日の夜、一樹のマンションに泊まった梓は、翌日の日曜日も夕方まで一樹とふたりで過ごしていた。

どこかへ出かけようかの話にもなったが、起きたときにはすでに十一時。ブランチを取ってゆっくりとくつろいでいるうちに、あっという間に日が暮れた。

一樹といると時間の流れを早く感じる。

もうひと晩泊まっていけという一樹だったが、さすがに二夜連続は無理だと答え、うしろ髪をひかれながら帰宅。別れ際に一樹からマンションのスペアキーを渡され、なんともくすぐったかった。

(いったん休憩しようかな)

午前十一時過ぎ。デスクで大きく伸びをしてから梓がコーヒーメーカーの方へ歩いていくと、デザイン企画部の前を通る友里恵を見かけた。

梓に気づいた友里恵が、なにやら目配せをしてよこす。

(……もしかして私を呼んでる?)

梓がジェスチャーで自分の胸を指差すと、友里恵は目で〝そうだ〟と答えた。

デザイン企画部のブースを出て、「お疲れ様です」と挨拶を交わす。友里恵は、「ちょっとこちらへいい?」と通路の隅の方を指した。

なにを言われるのだろうかと、スッと背筋の伸びた友里恵の後を追っていく。

そして、目的の場所に到着すると友里恵はダンスのターンでもするかのごとく優雅に振り返った。

「社長とはうまくいっている様子ね」

友里恵が梓に顔を近づけて声をひそめる。からかうような言い方ではなく、真剣な様子だった。

こうして間近でその顔を見るのは初めてだが、四十五歳にはとても思えないと梓は改めて感じた。目じりに小皺はなく、ほうれい線もない。ハリツヤのある肌は、もしかしたら二十代でも通るかもしれない。

「それで、ご結婚はいつなさるの？」

「け、結婚ですか？」

やっと本物の恋人に昇格したかと思ったら次は結婚ときた。

「ええ。だってあなた、婚約者なのよね？　婚約したら、次は結婚でしょう」

「それはまぁそうですが……」

友里恵にしてみれば、最初に紹介されたときに婚約者だったのだから、その先を考えて当然なのかもしれない。

でも、梓からいつだと明言できるはずもない。一樹に結婚の意思はあるようだが、その相手に梓を考えているかといったらどうだろうか。

プロポーズされているのならともかく、それに近いことも言ってもらってはいない。

梓は言葉を濁すしかなかった。

「社長に聞いてもはぐらかされるばかり。あなたたちはいったいどうなっているの？」

「どうかと聞かれましても……」

梓にしてみれば、とてもいい関係を築いていると思うけれど。

「男はしっかりとした家庭があってこそ、大きな仕事を成し遂げられるのですよ」

友里恵は拳を突き上げたかと思えば、そのまま振り下ろして力説。

梓は「はぁ」と力の抜けた返事になった。

一樹が言っていたのは本当だったようだ。友里恵は一樹の結婚になによりも重点を置き、そしてそれこそ秘書の仕事としている。結婚して初めて、真の社長になれるのだと。

「本当に頼みますよ。……ところであなた、身長がとてもお高いのね」

友里恵は梓の頭からつま先まで、サッと視線を流す。嫌味な目ではなく、心から感心している様子だ。

「はい。最近はハイヒールにしたので余計にそう見えるのかもしれません」

「あなたくらいの身長だと、社長の横に並んでも全然引けを取らないわ。この前のパーティーで会ったときより、なんだか垢抜けた感じもするし」

友里恵に褒められるとは思ってもいなかった。それも、背の高さのおかげで一樹の隣でもおかしくないと言ってもらえるとは。

「ありがとうございます……！」

いつも気迫に満ちあふれ、近寄りがたいオーラを遠慮なく放つ友里恵。そんな彼女に恐れをなしていた梓だが、思いがけない言葉をかけてもらい少し距離が縮まった気がする。

「話は以上よ。忙しいところ呼び出してごめんなさいね」

友里恵は美しい笑みを浮かべて再び舞うように体の向きを変え、ヒールの音を響かせて去っていった。


その日の夜、梓は自宅の自室でベッドに座り、クッションを抱え込んだ。バッグから取り出した名刺を見ながら、スマートフォンのキーパットを慎重にタッチしていく。

相手は遠藤。陽子から恋人としてどうかと紹介された人物だ。

自分がはっきりした態度をとらなかったのが原因のため、一緒に会うと言う一樹を梓はなんとか断った。

難色を示した一樹だったが、直接会わずに電話で済ませるのを条件に納得してもらえた。

コール四回目でつながった電話に「佐久間梓です」と名乗ると、遠藤はその声を弾ませる。

『梓さん！　こんなに早く連絡をもらえるなんて、うれしいですよ！』

先に喜ばれると、なかなか切り出しにくい。

「先日は失礼しました」

『あぁいえいえ。こうしてお電話をくれたんですから、気にしないでください』

電話の向こうで遠藤が手をひらひらと振って笑っている姿が目に浮かぶ。

かといって、ここで本題を言わずに引き上げるわけにはいかない。

「実はですね――」

『今度の週末、どこかへ出かけませんか？』

口火を切った梓を遠藤が遮る。

「あ、えっと、申し訳ありません」

『予定が入っていますか？』

「いえ、そうではなくて、この前言いそびれたのですが」

遠藤の勢いに気圧されそうになったが、梓はなんとか話を戻した。早く伝えなければ、遠藤に対して失礼だろう。

『……なんですか？』

浮かれる遠藤と対照的な梓の雰囲気で、なにかを察知したか。遠藤は声のトーンをいくらか落とした。

「私、好きな人がいるんです。この前は母から突然遠藤さんを紹介されて、言うタイミングを逃してしまって……。それでその、つまり……」

『僕とは会えない、というわけですか』

「……はい。申し訳ありません」

一樹の言っていたように遠藤が友達の延長上に恋人を考えているのだとしたら、ふたりで会うわけにはいかない。遠藤にも一樹にも不誠実だ。

『久城社長ですね』

「えっ……？」

遠藤が思いもしない名前を口にして、梓が言葉に詰まる。ドキッとせずにはいられない。

（どうしてそれを……？）

『あの夜、梓さんをホテルのエントランスで見送ろうと急いで追いかけたんです。そうしたら、梓さんが久城社長とエレベーターの前に一緒にいるじゃないですか』

なんと、あの場面を遠藤は見ていたという。

『まぁ、そこまでならなにか仕事絡みの用事なのかと思ったのですが、降りていくエレベーターのインジケーターを見ていたら、すぐひとつ下の階で止まったんです。嫌な予感がして僕も隣のエレベーターで急いで降りたら、ふたりは部屋の中に』

そこまで見られていたとは思いもしなかった。

でも、それなら話は早いのではないか。一樹との関係を知っているのは会社関係では、友里恵だけ。ほかの人の耳に入れるのはどうかとも思ったが、現場を押さえられている以上、隠し立てする意味がない。

「本当にごめんなさい」

梓は謝る以外になかった。

付き合っている人も好きな人もいないと答えておいて、ひどい仕打ちだろうと梓も思う。遠藤にしてみれば青天の霹靂(へきれき)。なんて性悪な女だと思っただろう。

梓は、そう思われても仕方のないことをしたのだ。

それなのに梓が電話をかけたときに、遠藤が明るく振る舞ったのはどうしてなのか。

それは梓にもわからなかった。

重く長い沈黙が流れる中、遠藤のため息が電話越しに聞こえた。

『……わかりました』

遠藤がひと言だけポツリとつぶやく。

「本当に――」

梓がもう一度謝ろうとした声は、遠藤が通話を切ったため消される。

遠藤が意外とあっさり納得し、ホッとした梓だった。

翌日、梓は有給休暇を取って久城総合病院に来ていた。多香子のカテーテル手術が行われるためだ。

この日は忍び草も休み。陽子も梓と一緒に付き添っている。手術を終え、体調が整い次第いよいよ退院できる。

「おばあちゃん、がんばってね」

手術用の病衣に着替え、ストレッチャーに乗せられた多香子の手を握る。

「はいはい、がんばりますよ。久城先生ですからね、なんの心配もしていないわ」

そうして病室を出ようかというときだった。タタタッとの足音に続けて、「社長さん⁉」と陽子の声があがる。

梓が見れば、そこには一樹の姿があった。急いできたのか息が荒く、肩を弾ませている。呼吸を整えてから、なにごともなかったかのように「こんにちは」と笑みを浮かべる。

「どこの王子様が来たのかと思いましたよ」

爽やかな登場の仕方に多香子はお茶目に笑った。

「一樹さん、どうしたんですか？」

今日もたしか、式場に関してデザインチームとの打ち合わせがあるはず。その合間を縫って、わざわざ来たのだろうか。

「梓のおばあさまを元気づけにね」

「まぁ、なんてうれしいことを言ってくれるの」

ストレッチャーに横になった多香子はニコニコ顔だ。

「仕事を抜けてきたのですぐに戻らないといけませんが、おばあさまの顔だけ見ておきたくて」

一樹はそう言ってからストレッチャーの横にかがみ、多香子の手を取る。

「父にもくれぐれもよろしく頼むと言っておきましたから、なにも心配しなくていいですよ」

「ありがとうね」

一樹と多香子のやり取りを聞いている陽子は、ぽかんとした顔でふたりを見た。

梓はそこで、陽子に一樹の父親が多香子の主治医だと話していなかったことを思い出す。陽子はふたりの会話がちんぷんかんぷんだろう。

「お母さん、実はおばあちゃんの主治医の久城先生は、一樹さんのお父様なの」

「えっ？　本当に？」

陽子にこっそり耳打ちをすると、当然のリアクションで返された。

最初に聞いたときに驚いたのは、梓も一緒だ。

「そんな偶然があるものなのね。でも、ありがたいわね。こうして来てくれるなんて」

しみじみとつぶやく陽子に梓もうなずく。

忙しいのに時間をつくり、無理して顔を出した一樹の優しさが、梓もうれしかった。

三人で多香子を手術室の前で見送り、揃ってひと息つく。

「久城さん、本当にありがとうございます。梓から聞いて驚いたわ」

「私も、梓さんに付き添ってこの病院に来たときに初めて知ったんですけどね」

「なにも知らなかったのは、お母さんだけなのね」

ちょっといじけながら言う陽子に、梓がすかさず「ごめんね」と謝る。

そんなつもりはなかったのだ。あのときは多香子を安心させようとして、一樹に恋人のふりをしてもらったから。あの嘘が本当になろうとは、思いもしなかった。

仕事に戻る一樹を病院のエントランスまで送りながら、梓は昨夜の遠藤との電話を報告した。

「ずいぶんあっさりと引いたものだな」

一樹も梓と同じ感想を持ったようだ。一樹は顎に手を添え、目を細めて険しい表情を浮かべた。

遠藤はきっと、友達から始めて将来的に付き合おうと本気で考えていたわけではないのだろう。梓に対して、そこまで執着していたわけではない。

だから、あんなにあっさりと引き下がったのだと梓は考えていた。

(穏やかで誠実そうな人だったもの。私の気持ちをわかってくれたんだわ)

遠藤との心配事がなくなり、気分が軽くなる。

あとは多香子の手術の成功と退院を待つだけだ。

「それじゃ、俺はここで」

一樹は握っていた梓の手を引き寄せ、人目を気にせず軽く抱きしめた。

当然ながら梓はそんな状況に慣れていない。顔を真っ赤にして体を硬直させていると、梓を解放した一樹がふっと笑う。

「あのさ、こんなところでそんな反応しないでくれる？」

「あ、あぁ、カッコ悪いですよね、ボーッと突っ立つなんて。すみませんっ」

（でもでも、悪いのは一樹さんなんですよー）

心でそう叫びながら謝ると、一樹は半ばあきれたように肩をすくめた。

「無自覚なのは本当に怖い」

「はい？　怖い？」

なんなのかわからず梓が聞き返すと、一樹は梓の耳もとに唇を寄せた。

「反応がかわいすぎるって言ってるんだ」

耳に触れるか触れないかの距離でささやかれ、梓の顔はさらに熱を持つ。

「そういうのは俺の前だけにしておけよ」

一樹に髪をくしゃっとなでられ、さらには軽くウインクまで投げられた。

おかげで梓の体の全細胞は活動を停止。呼吸すらしているか定かでないほどだった。

「おばあさまの手術が終わったら、電話でもメッセージでも送ってくれ。じゃ」

ひらりと手を振り、一樹が背を向ける。

梓は最後にかけられた言葉に返事もできなかった。

（……今、髪をくしゃってされたよね？　嘘みたい……）

艶のある真っすぐな梓の髪を、そんなふうになでた人はこれまでにひとりもいない。見るからに鋭く、触るのもためらわれるためだろう。憧れの〝頭ポンポン〟も〝髪の毛くしゃ〟も一生されないとあきらめてきた。

（それを一樹さんが今……！）

きっと、やわらかい髪の持ち主には一生わかってもらえない気持ちだろう。

後から思い出したように高鳴りだした鼓動は、どこまでスピードを上げるのか梓にもわからなかった。

静かに忍び寄っていた罠

毎日がこんなにも楽しいと感じるのは、梓が大人になってから初めてかもしれない。

無邪気な子どもの頃、純粋に楽しんでいた日々は、背がぐんぐん伸びていくにつれコンプレックスとなって梓を委縮させる日々へと変わっていった。

多感な時期にした片想いの相手は梓よりも背が低く、〝大女〟と陰で言われていると知って傷ついた過去もあった。

自分に恋は一生できないのだろう。そうあきらめていた梓に最高に素敵な恋人ができたのだから、毎日がハッピーだと感じるのは当然だ。

手術が成功した五日後のこと。リハビリを終えた多香子は退院の時を迎え、今夜はそのお祝いの会を自宅で開いている。

一樹も招待したかったが、式場の現場が忙しいため来られなかった。

多香子たっての希望で、メニューは手巻き寿司。テーブルにはトロやホタテ、イカにタコ、奮発して買ったイクラとウニも並んでいる。デザートには多香子の好きなイチゴ大福も用意してある。

主治医の久城からは食べるもの、とくに塩分の取りすぎにはくれぐれも注意するように言われており、甘いものもできるだけ控えるようにと退院時に言われていた。

そのため、イチゴ大福なら一度にふたつくらいぺろりといく多香子だが、今夜はひとつで我慢してもらうしかない。

熱いお茶で退院を祝って乾杯した後は、思い思いに寿司ネタを選んでいく。

「やっぱりおばあちゃんがいるのといないのとでは、家の空気が違うよね」

「そうかい？」

「うん。仕事から帰ってきたときに家が明るいとホッとするし」

陽子は店のため夜はほとんどおらず、この二ヶ月は梓がひとりきりだったため、多香子がいるだけで全然違う。

「ね？　お母さん」

陽子に同意を求めたが、反応がない。

「……お母さん？　どうかしたの？」

陽子は手にしたのりの上に、酢飯をどんどん追加していた。おかげで山盛りだ。多すぎて、とても巻ける量ではない。

「え？　あ、ううん、なに？」

「なに？って、話聞いてなかったの？」

「……ん、あぁ食事療法よね？　それならお母さんに任せて。なにしろ——」

「やだな、違うよ」

まったく見当違いの方向にいった陽子を梓が止める。

全然聞いていなかったようだ。

「おばあちゃんが家にいるのはうれしいねって話」

「あぁうん、そうよね。本当にそう。お母さんもおばあちゃんが家にいてくれると、梓がひとりにならずに済むから安心だし」

まるで小学生の子ども扱いだ。

取り繕ったように続ける陽子だが、やはりどこか様子が変に感じる。今みたいに、話が噛み合わないのがなによりの証拠。

「陽子さん、どうかしたの？」

多香子も梓と同じように感じ取ったようだ。

「いえいえ、なにもないですよ」

そう言って笑った顔はいつもと変わらないが、陽子はふとしたときに考え込むような顔をする。梓が見つめていると気づくと、すぐに笑みを浮かべるが、なんとなくごまかされている気がしてならなかった。

店の経営状況が思わしくないのか。それともなにか別の心配事か。

陽子の様子からすると、梓が尋ねても心配をかけるからと答えないだろう。はぐらかされるのは予想できて、梓もそれ以上は聞けなかった。

「あ、そうだ、おばあちゃんに聞きたいと思っていたんだけど」

ほんの少し暗くなった場の雰囲気を変えようと、梓が切り出す。

「ん？　おばあちゃんに聞きたいなんて、いったいなんだろうね」

ニコニコしながら首をかしげていた多香子は、梓が「久城先生のお父様との昔話」と言った途端、目をパッチリと開いたまんまになった。

どうして梓がそれを知っているのかと、とても驚いているようだ。

陽子は「なんの話？」とぽかんとする。

「おばあちゃんが意識を失った夜にね、久城先生から聞いたの」

「……そうだったの」

多香子は小刻みにうなずきながら小さく笑った。

「私が十代の頃の話だから、もう何十年も前だよ」

多香子はどこか懐かしそうに遠い目をしながら話し始めた。

出会いは夏の午後。母に頼まれておつかいに出た多香子は、突然の雨に降られ公園の東屋で雨宿りをしていたという。一向にやみそうにない雨は、どんどんひどくなるばかり。空は暗く、今にも雷が鳴りそうな気配だった。

途方に暮れる多香子の前に現れたのが、久城の父親、一樹にとって祖父にあたる光弘だったという。傘を差した彼から『よかったら入っていきませんか?』と声をかけられたそうだ。

女子校に通う多香子にとって、家族や教師以外の男性と接するのはめったにないこと。多香子は懸命に首を横に振って断ったという。そうするうち、空にピカッと稲妻が走り、多香子はそのままひとりでいるのが心細くなり、すがりつくように彼の言葉に甘えることに。

光弘は実直で優しい青年で、多香子を自宅まで送り届けたそうだ。

後日お礼をしようと、別れ際に教えてもらった住所を訪ね、そこからふたりで会うように。いつしか互いに相手を想い合うようになったが、久城の家は代々続く医者の家系。対する多香子は一般家庭。当然釣り合いは取れない。

そうこうしているうちに、光弘に縁談が持ち上がる。家柄の違いは、当時のふたりにはどうすることもできない。別れは必然だった。

「梓が一樹さんを病室に連れてきたときには驚いたよ。光弘さんの面影があってね」

多香子は懐かしそうに目を細めた。

(そういえば、あのときのおばあちゃん、一樹さんが病室に一歩入った瞬間にものすごく驚いた顔をしていたっけ)

あれは梓が男の人を連れていったからという理由のほかに、もっと大きなものがあったからだったのか。

「光弘さんが結婚して間もなく、おばあちゃんもおじいさんとお見合いしたんだよ」

「……つらかった?」

「つらくないと言ったら嘘になるけど、おじいさんも優しい人でね。年を追うごとにとっても大事な人になっていったよ。でも、まさか光弘さんのお孫さんと梓がねぇ……」

梓を見つめる多香子の瞳に、切なさとうれしさの入り交じったような色が滲んでいるように見えた。

複雑で不思議な思いは、梓も同じだった。

多香子がかつて愛した人の孫である一樹と自分が恋に落ちたのは、必然だったのか。

運命の巡り合わせのようなものを感じ、梓は胸の奥が熱くなるのを感じた。

それから一週間後。

梓がお風呂から出て階段を上がっている途中で、スマートフォンの着信音が聞こえてきた。

一樹かもしれないと慌てて部屋に戻り、デスクに置いてあったそれを手に取ると、見知らぬ番号からの電話だった。

「誰だろう?」

不審に思いながら電話に出ると、『もしもし、梓さんですか?』と、男性の声が聞こえてくる。聞き覚えのある声ではあったが、梓には誰だかわからない。

名指しているのだから、相手は梓だとわかってかけてきているのだろう。

「はい、そうですが」

『僕が誰だかわからないみたいですね』

クスッと笑う気配が電話越しに伝わってくる。

「……はい、すみません。どちらさまでしょうか?」

『僕ですよ。遠藤夏生です』

「えっ、あぁ、遠藤さん。ごめんなさい。失礼しました」

遠藤とはあれきりだと思っていたため、連絡先を登録せずにいたのだ。

『よかった。名乗ってもわかってもらえなかったらどうしようかと思いました』

「いえ、そのようなことは……」

でもいったい、どんな要件で電話をかけてきたのだろうか。

電話で好きな人がいると話し終えたときには、もう二度とかかわりはしないだろうと思っていた。

『近々会えませんか？』

そうくるとは思いもせず、梓は「えっ？」と聞き返す。

『ふたりで食事でもどうかと思いまして』

一樹の存在があるから、そうするわけにはいかない。この前の電話でわかってくれたのではなかったのか。

「ごめんなさい。それはできないです」

梓が断ると、遠藤は電話の向こうで押し黙った。

通話が切れたか電波状況が悪いのかと思って画面を見てみたが、とくに異常はない。

「遠藤さん？　聞こえていますか？」

『はい、ちゃんと聞こえています』

梓の問いかけに、きちんと返事はあった。ただその声は、最初のときよりも幾分か低い。梓が会えないと答えたため、気を悪くしたか。

(でも、電話で一樹さんとの話をしたときには、あっさりと納得してくれたよね。それなのにどうして今さら？　あれから二週間も経っているのに)

でも機嫌を損ねたように感じたのは、梓の思い違いかもしれない。誠実で優しそうに見えた遠藤が、そんな態度をとるようには考えられないから。

『折り入ってお話ししたいことがあるんです』

「……お話ですか？」

それまで優しかった遠藤の声色が、心なしか硬くなる。電話の向こうでかしこまっている様子がうかがえた。

もう会うこともないだろうと思っていたのに、改まってどうしたのだろうか。梓の頭の中はクエスチョンマークでいっぱいだ。

「お電話ではダメでしょうか？」

一樹と付き合っている以上、ほかの男性とふたりで会うのはできれば避けたい。電話で済むなら、それに越したことはないのだが。

『電話で話せる内容ではないので、会ってお話しできませんか？』

電話で話せないほどとは、いったいどんな用件なのか。まったく見当もつかず、梓は戸惑うばかり。乗り気になれずに何度か断ったが、遠藤も頑として譲る気はないようだった。

『ぜひお願いします』

切実な様子で繰り返し言われているうちに、徐々にほだされてくる。遠藤に対しては、もともと梓がはっきりしない態度をとって嫌な思いをさせたという引け目があるからかもしれない。悪い人ではないからなおさらだ。

「それじゃ、少しだけなら」

十分、二十分程度なら問題ないだろう。

『よかった。ありがとうございます』

梓の返答に遠藤の声が明るくなる。

明日の午後七時に、梓の自宅近くの駅前にあるカフェ『ドロシー』で落ち合うことになった。

遠藤がどんな話をするのか電話を切ったあとも考えてみたものの、結局思いあたることはない。一樹と付き合っているとはっきり伝えたのだから、今さら梓をどうにかしようというのではないだろう。

不思議に思いながら、梓は電話を切ったのだった。

昼時を迎えたにぎやかな休憩室の隅のテーブルで、梓は弁当箱を前にぼんやりとしていた。箸を持ってはいるが、弁当は手つかず。考えるのは、遠藤と約束してしまったことだ。

会うと答えたものの、本当にそれでよかったのか今になって悩んでいた。

もう会わないのは遠藤も承知したはずなのに、たったの二週間でそれを覆す理由がつかめない。電話ではできないような話というのも引っかかる。

（なんの話だろうな。いつもの様子とちょっと違ってたよね）

一樹に相談しようかとも思ったが、話せば〝行くな〟と言われるのはわかりきっている。それに、式場の完成まであともうひと息。最近は現場に行ったきりだ。忙しい一樹に心配をかけたくはない。

（なるべく早く切り上げよう。そうすれば平気よね）

何度も迷って、最後には昨夜下した判断と同じ結論に達した。

「あーずささん」

リズムをつけて声をかけてきた絵梨が、空いている前の席に座る。

「見てくださいよ、梓さん。私も今日は梓さんを見習って、体の中から綺麗になりそうなおかずを詰めてみたんですよ」

絵梨が弁当のふたを「じゃじゃーん」と言いながら開ける。するとそこには、絵梨のいう通りにハスのきんぴらやひじきの煮物、ささみと豆苗のサラダが美しく詰められていた。

「すごいじゃない、絵梨ちゃん」

「ふふふ。梓さんに褒められちゃった」

絵梨は両手を口にあてて、うれしそうに笑った。

「でもどうしたの？　いつも私のお弁当を見て地味だって言ってたのに」

「だって最近の梓さん、どんどん綺麗になっていくから。そういったものを食べていれば、私もそうなれるかなーって」

絵梨の言葉に梓はぽかんと口を開ける。あまりにもお世辞がすぎる。

そう言って梓を褒めそやすのは、同性では絵梨だけだ。

「私が綺麗なんて冗談はやめてよね、絵梨ちゃん」

「やだなぁ、なんで私がそんな冗談を言わなきゃならないんですかぁ？　今度、私もストレートパーマをかけてみようかと思ってるんです」

「どうして？　絵梨ちゃんのふわふわの髪、私好きよ？」

梓からすれば、かわいらしくてすごく魅力的に映る。そんな髪がいらないのなら、ぜひともトレードしてほしい。

「なににも負けないようなストレートヘアになってみたいんです」

絵梨は目に力を込めてそう言い、梓に強く訴えた。

どうやら梓と絵梨は、互いに持っていないものに憧れがあるらしい。

「ところで梓さん、彼氏とかできましたか？」

「なっ、なにを突然？」

口になにも入れていなくてよかった。もしも食べ物が入っていたら噴き出したかもしれない。梓が大きく動揺する。

「綺麗になっていくのもそうですけど、最近ちょっと感じが違うなーって。キラキラしてる感じがします。ハイヒールをいきなり履いてみたり。あ、前に言ってた〝デート〟って、やっぱり――」

「ち、違うの。彼氏なんて、ほんと全然！」

絵梨なら誰かに話す恐れはないだろう。でも、さすがに相手が社長だけに、そう簡単に打ち明けるわけにはいかない。

「そうですか？　じゃあ、私の見当違いなのかなぁ」

「そうよ、そうそう」

なんとかそうごまかし、梓はそこでやっと自分の弁当に手をつけた。


その日の午後七時。梓は、駅前のカフェ・ドロシーにやって来た。

木目調に統一された温かみのある店内に入ると、梓に気づいた遠藤が窓際のテーブルで手を上げる。軽く会釈してそこへ向かった。

「お待たせしました」

「いえいえ、定刻通りですよ」

遠藤は紳士的な笑みを浮かべ、向かいの席に座るよう手で指し示す。

「あの、お話って……」

水が運ばれてくるより早く切り出す。なるべく短い時間で済ませたい。

ところが遠藤はゆったりとした動作でメニュー表を手に取った。

「その前になにか注文しませんか？　食べられるものも頼みましょうか。ここはドリアなんかもおいしいらしいですよ」

人のよさそうな笑顔でメニュー表を眺めながら、あれこれと悩み始める。どこかうれしそうだ。

そんな姿を見ていると、飲み物だけでいいと言うのは水を差すようで申し訳なくなるが、なにかを食べようとは思えない。

「ごめんなさい。せっかくですがコーヒーにします」

一樹に話していないうしろめたさもあり、遠藤と食事をした事実をつくりたくはなかった。

「そうですか。残念」

遠藤が自嘲気味に笑う。

「では、僕もそうします。ひとりだけ食べるのは味気ないですからね」

遠藤は通りがかったスタッフにホットコーヒーをふたつ注文し、腕を組んだままテーブルに肘を突いた。

優しいまなざしでじっと見つめられ、なんとなく居心地が悪い。梓は目を泳がせながら口を開いた。

「それで、お話というのは……？」

「久しぶりに梓さんに会えたので、その前にもう少しだけその時間を楽しませていただけませんか？」

ニコニコと言われてしまうと、〝ダメです〟とかたくなな態度には出られなくなる。かといって〝どうぞ〟とも言えず、喉をぐっと詰まらせた。

（困ったな。楽しませてと言われても、ほかに話すことはないし……）

手持無沙汰のまま、しばらくして運ばれてきたコーヒーに砂糖とミルクを入れてかき混ぜる。

そろそろ本題に入ってもらいたいところだが、遠藤は優雅にコーヒーを口に運んではソーサーに戻すのを繰り返し、一向に話す気配がない。

「あの、そろそろお話を」

梓が切り出すと、遠藤はカチャリと音を立ててカップを置いた。

「コーヒーは熱いうちに飲むのが好きなんです。冷めたものはどうもおいしくない」

「そうですか」

聞きたいのはそんな話ではないため、気のない返事になる。

「ここのコーヒーは豊かなコクがありますね。ほどよい酸味もいいです」

遠藤はその後もコーヒーをゆったりと堪能し、梓にもどかしさを感じさせた。

そうしてようやくカップを空にすると、遠藤は「さて」と切り出す。

「梓さんは、お母様からなにかお話を聞いていませんか？」

「母から、ですか？」

いったいなにを聞くというのか。陽子がどうしたのか。

「実は、忍び草のある一帯に商業ビルを建てる話が持ち上がっているんです」

「えっ、あそこに商業ビルを？」

「はい。直接動いているのは、うちの子会社なんですけど。昔は違うでしょうが、現在の商店街は、場所によってはシャッター通りなんて言われているところもありますから」

「ですが、あの商店街にはそんな店はないはずです」

人通りもまばらで、店が立ち行かなくなる商店街が存在するのは梓も知っている。首都圏ほど交通網に恵まれていない地方では車が移動手段。そうなると、広い駐車場を持つ郊外型のショッピングセンターなどに客が流出していく。

でも忍び草があるのは駅から近くて比較的客足も多く、にぎわいのある商店街である。シャッター通りなどと言われるのは心外だ。

梓の語気はつい強くなった。

「梓さんは、表面的にしか見えていないのかもしれません。現に土地買い取りの話が進められていますが、オーナーさん方からは歓迎されているんです。その商業ビルへ出店するもよし、立退料で郊外へ引っ越すもよし。こちらとしましても、いいお話をさせていただいていると自負しています」

遠藤は自信たっぷりの笑みを浮かべた。

あの商店街にそんな話が持ち上がっているとは。

それは思いも寄らない話だった。しかも、その方向で話が進んでいるという。

そこで梓はふと、陽子が浮かない顔をしていたのを思い出した。もしかしたら今の話を思い悩んでいたのではないか。

忍び草は、母方の曾祖父母から受け継いだ土地に陽子の父親が建てた大事な店。狭い土地とはいえ、そこを陽子は守ってきたのだ。それを手放す話を持ちかけられて苦悩していたのかもしれない。

「でも、梓さんのお母様は反対されています。あの場所を明け渡したくないと」

「そうだと思います。母は忍び草をとても大切にしてきましたから」

常連で成り立っているといってもいい店。なんとか細々とやっている店には違いない。でも、代々受け継いできた土地を簡単に手放せるかといったら、そうではないはずだ。

「そこで梓さんに僕から提案があります」

なにかいい解決策を示してもらえるのか。

梓は思わずテーブルに身を乗り出した。

「梓さんが僕と結婚を前提にお付き合いしてくだされば、商業ビルの話はなしにしてもいいと考えています」

「……はい？」

目をまばたかせて聞き返す。話がまったく違う方向へ飛んだ感覚だ。

「梓さんが僕との結婚を決意してくだされば、この話は僕が責任を持ってつぶします」

梓と土地買収を引き換えにしないかと言う。テーブルの上で手を組みなおし、遠藤は穏やかな笑みを浮かべた。深刻な話をしているような表情では決してない。

（一樹さんと別れて、遠藤さんと結婚しろって言うの……？）

あまりにも行きすぎた提案だった。

「それはできません」

一樹と別れるなど、どうしてできようか。

梓はきっぱりと言いきった。

「では梓さんは、商店街をこのままなくしてもかまわないという考えですか？」

「それは違います……！」

そんなつもりはまったくない。早くに夫を亡くした陽子は、女手ひとつで梓を育ててきたのだ。その陽子が大事にしている店は、梓にとってもかけがえのない存在なのだから。

「どうしてそこまでして、私との結婚をお考えになるんですか？」

梓を創立記念パーティーで見初めたと言っていたが、あの短時間で好意を持ち、さらに結婚にまで飛躍するのはいまひとつ納得がいかない。なにかほかに理由があるのではないかと梓が勘繰るのも無理はないだろう。

遠藤はどこか遠くを見るようにしてから、梓に視線を戻した。

「言うつもりはなかったのですが、正直にお話しします」

そう言いながらテーブルの上に置いた手を組む。

「単刀直入に言うと、僕は久城一樹に恨みがあります」

「……はい？」

想像を超えた遠藤の告白が梓を混乱させる。

（いったいなにがあったの？）

恨みなどとは物騒だ。

「今、クレアストフォームが力を注いでいる式場建設。あの立地を巡ってトラブルがあったのを知りませんか？」

詳しくは知らないが、揉めたのは梓も知っている。

現在建築中の場所とは別の候補地の契約を巡り、行き違いがあったために地主と不動産会社との間で裁判沙汰になったと聞いた。

「その不動産会社は、商店街の買収を進めているうちの子会社なんです」

梓は体がこわばるのを感じた。

式場の建築場所の土地売買に関しては施主のシュプリームウエディングがやり取りをしたため、クレアストフォームはノータッチ。流川たっての希望もあり候補地の選定はしたが、契約はかかわっていない。ライトパートナーズの社名にピンとこなかったのはそのためだろう。

でも、そのトラブルについて一樹に恨みを持つのはお門違いではないか。

「たしかにクレアストフォームがその土地に決めれば、なんの問題もなかったんです」

「たしかにクレアストフォームは立地から任されていましたけど、勝手に今の場所に決めたわけではなかったはずです。シュプリームウエディングさんの意向も汲んだうえで決定したのだと思います」

遠藤はクスンと鼻を鳴らした。

「でも、クレアストフォームの意見がシュプリームウエディングに影響を及ぼしたのは間違いないですから」

「それは……」

違うとは言いきれない。流川は全面的に一樹を信頼しているから。

「だから、僕は久城一樹が憎いんです」

「お言葉を返すようですが、契約のトラブルで裁判沙汰になったのはクレアストフォームとはなんの関係もないですよね？」

そこに式場が建つと見込んで、先走って契約を結ぼうとしたのはライトパートナーズの子会社だ。それは逆恨みではないか。

梓のその言葉にさすがに遠藤も言葉を詰まらせたが、すぐに立てなおす。咳払いをひとつしてから続けた。

「ともかく、僕はその一件で久城一樹に恨みを持ったんです」

遠藤によると、一樹の弱点を探るべく潜入した創立記念パーティーで、たまたま一樹が梓を連れ去るところに出くわしたという。調査会社によるリサーチで梓が一樹の恋人だと知り、その母親である陽子に接近を図った。

一樹との仲は最初からわかっていたため、結婚を前提とした付き合いに梓がうなずかないのは承知のうえ。だからこそ商店街買収を餌に、無理やり一樹から梓を奪おうと企んだという。

遠藤は、初めから一樹と梓の関係を知っていたのだ。

「ひどい……」

なんて自分勝手な被害妄想なのだろう。梓は唇を震わせてつぶやいた。

「でも、ひとつだけ誤解のないようにお願いしたい点があります」

遠藤は人さし指を立て、穏やかな口調で続ける。

「最初は復讐のために久城一樹の身辺調査をしていましたが、そのうちに梓さんにたどり着き、流れでついでに調べているうちに本気で好きになってしまったんです」

「な、なにを言って……」

突然の打ち明け話が梓を動揺させる。激しくまばたきをし、口は半開きになった。

ただ、遠藤は真顔だ。嘘や冗談を言っているようには見えない。

「動機は不純ですけど、梓さん、僕はあなたを本気で欲しいと思っています」

話が思わぬ方向へ転がっていく。

「すぐに決断するのは難しいかもしれません。でも僕は本気です。心から梓さんと結婚したい。でも、土地買収をダシにするほかに、久城一樹から梓さんを奪う手段が思いつかないんです。商店街を救えるのも梓さんだけだと思ってください」

そう言って遠藤は、会計伝票を持って席を立つ。

「今夜は無理を言ったのに、こうして会ってくれてありがとうございました。いいお返事を待っていますので」

残された梓は、その場からしばらく動けなかった。


陽子の店が、あの場から消されようとしている。曾祖父母から引き継いだ大事なあの場所が今、なくなりかけている。

この三日間、思わぬところで一樹が恨みを買っていたことと忍び草の立ち退き問題のこと、それから遠藤から突然愛の告白をされたことで梓の頭の中はいっぱいだった。

自宅での陽子は普段と変わりないように見えて、時折考え込むようにしている。なにかあったのか素知らぬふりをして聞こうと思いながら、ずっとできずにいた。

買収問題をなんとかしようと商店会の会長のもとを訪れてみたものの、会員の中には賛成の割合が半数を占めているらしく、続々と立ち退きを予定しているらしい。そこをなんとかがんばってほしいと梓が言ったところで、会長は顔を曇らせるばかりだった。なんの手立てもなく〝がんばれ〟の一点張りでは、困って当然だ。

恨まれている本人を不安にさせたくないため、一樹にも話せずにいる。忙しい彼の手を煩わせるわけにはいかない。自分でなんとかしようと考えていた。

遠藤の気持ちには応えられない。でも、商店街と忍び草は守りたい。無限ループから抜け出せず、答えが出てくる気配は一向になかった。

「佐久間さん、これ、いつものようにお願いね」

パソコン画面に目を向けたままぼんやりしていた梓は、不意に声をかけられ目が覚めたように我に返る。

「あ、は、はい……」

デザイナーの田部が、梓の顔の前に箇条書きの用紙を差し出していた。

それは新しく依頼のあったデザイン案。アパレル専門店のリニューアルを手掛けたものだ。

「明日までにできそう？」

今、作成しているものは間もなく完成する。

「はい、大丈夫です」

「よかった。明日、クライアントに提示しなければならないから助かるよ」

デザイナーがクライアントから聞き取った要望をもとに作成したデザイン案を、専用のソフトで視覚化するのは梓の仕事のうちのひとつ。完成したそれを使い、デザイナーがクライアントにプレゼンするのだ。

「梓さん、なにかありましたか?」

パソコンのモニターの隙間から絵梨が顔を覗かせる。

「え?　どうして?」

「ぼんやりしている時間が多いなーと思って」

数日前、宣言通りストレートパーマをかけてきた絵梨が、いつものように小首をかしげると髪がサラッと揺れた。絵梨はどんな髪形をしても似合う。屈託のないその表情を見てホッとした。

「ううん、そんなことないよ。ちょっと寝不足だったせいかな」

「そうですか?　それならいいんですけど。なにかあったら相談に乗りますからね」

頼もしい言葉を絵梨からもらい、梓は「ありがとう」と微笑み返した。

その日の夜、梓は一樹と食事をしてから彼のマンションにやって来た。

一樹と一緒にいても、どうしたって考えるのは陽子のこと。忍び草の今後だった。

コーヒーを淹れると言ってキッチンに立った一樹に甘えてソファで待っているとき

も、自分がどこにいるのか忘れるくらいに考え込んでいた。

「あーずさ」

そう呼ばれて初めて、一樹が隣にいるのだと思い出す。

「今、なに考えてた？」

「……あ、いえ、なにも。ちょっとぼんやりしていただけです」

慌てて笑顔を取り繕ってごまかした。一樹に余計な心配をかけたくない。

「そうか？　ずいぶんと気難しい顔してたぞ？　ほら、こっちにおいで」

一樹に腰を引き寄せられ、左半身がぴったりと密着する。そのまま肩を抱き寄せられるようにしてキスをされた。

「梓の唇、甘いな」

「それはきっと、バニラアイスだと思います」

食後に食べたアイスの香りが残っているのだろう。

「違う。梓の唇はいつも甘いよ。それに引き寄せられる俺はミツバチかなにかか」

「一樹さんはミツバチより、スズメバチです」

ハチの王者的な存在。圧倒的に強く逞しい。

「それはまた、ずいぶんと攻撃的で恐ろしいイメージじゃないか？」

「ですが、かわいらしいミツバチではないですよね？」

梓が大真面目に聞き返すと、一樹はふっと表情を崩した。

「それなら梓は、極上のハチミツだな」

そう言って、梓に再び口づける。唇を割って入ってきた舌は梓と絡められ、刺激的な快楽を生み出していく。ゆっくりとソファに倒され、キスは首筋へ移動した。

一樹の熱い唇が触れるだけで、梓の口から切れ切れの吐息が漏れる。

ところが、普段なら一樹以外を考えられなくなるのに、梓は別のことを考えていた。

陽子の店がなくなる。

それは梓にとって、なによりも苦しかった。

でも、一樹も失いたくない。

（一樹さんと離れるなんて嫌。……絶対にできない）

陽子か一樹か。究極の二択は、梓の胸を否応なしに締めつける。

失いたくないものがひとつ増えただけなのに、その存在が圧倒的に大きすぎるから、どちらかなんて選びようもないのだ。

梓の頭の中で振り子が大きく揺れる。

そこから目を逸らすようにして、一樹にしがみつく。

「一樹さん、もっと強く抱きしめてください……」

梓がどこにも行けないように。ふたりが決して離れないように。

一樹の逞しい腕が、梓の切実な願いを叶えようと大きく包み込んだ。

この恋をあきらめない

刻一刻と時が過ぎていく。

遠藤から耳を疑いたくなるような話を持ちかけられてから、十日が経過。あれから遠藤の動きはないものの、陽子の表情は日一日と沈んでいく。

それを見るたびに、梓は切なくてやるせない気持ちになった。

昨日は再び商店会の会長に会いにいったが、前回同様に発展的な話は聞けずじまい。あまりにしつこく食い下がったため、迷惑そうだった。

（お母さんを救えるのは、私だけなのかもしれない）

そんな思いが日増しに強くなっていく。

これまで大切に育ててくれた母親をこのまま見過ごしていいのか。

大事にしてきた店をあきらめさせていいのか。

梓はずっと自問を続けていた。

陽子に笑顔を取り戻させることができるのは、自分をおいてほかにいないのではないか。

梓にとって一樹はなににも代えがたい存在。でも、一樹にはもっとふさわしい女性がいるだろう。大病院の御曹司であり会社社長に見合う家柄で、美しい女性が。

なによりも、恨みなどという物騒なものから一樹を守りたかった。

自分が我慢して遠藤の気持ちに応えれば、一樹のいない毎日に耐えさえすれば、陽子の不安は取り除ける。一樹に対する遠藤の恨みも消せる。

眠れない夜を過ごした翌日の朝、梓はひとつの結論に達した。


昼休みのうちにメッセージのやり取りをして一樹と夜会う約束を取りつけ、その時を待つ。

待ち合わせたのは、一樹と想いを通わせたル・シェルブルの最上階にあるラウンジ。一樹のマンションではキスに惑わされ、梓の思うように話を進められない可能性があるからだった。

先に着いた梓はオレンジフィズを注文。意にそぐわない話をシラフでできる気がしなかった。

一樹が現れたのは、梓がそれをちょうど飲み干した頃だった。

「待たせたね。珍しいな、飲んでたのか」

空になったカクテルグラスを見て、一樹が目を丸くする。

「はい。一杯だけですが」

笑顔を浮かべたい気持ちをぐっとこらえ、真顔で返す。

梓のそんな態度に気づいたのか、一樹が顔を覗き込んできた。

「機嫌悪い？　待ちくたびれたか？」

「いえ。大丈夫です」

目を逸らし、空のグラスをぎゅっと握りしめる。

一樹の追及を逃れるためにお代わりをお願いしようと思ったが、これ以上飲んで酔ったら本末転倒だ。

一樹は不思議そうにしながらも梓の髪をポンとなで、隣に座った。

思いがけず一樹に触れられ動揺する。これからしようとしている話の前に、そんな仕草はこたえる。

一樹はバーテンダーにモヒートを注文した。

「今夜、ここに泊まろうと思ってね。梓も大丈夫だろう？　明日は休みだ」

「……いえ、泊まれません」

「なにか予定でもあるのか？」

一樹は両肘をカウンターに突いて、前を向いたままの梓の視界に入ろうとする。

今夜の夜景は、どうしてこんなにも綺麗なのだろう。眼下に広がる光の海がまぶしいせいなのか、目の奥がなんだか熱い。

(早く言わなくちゃ。いつまでも一樹さんの隣にいたら気持ちが揺らぐだけ)

梓は小さく息を吸い、吐き出すと同時に唇を動かした。

「一樹さん、お別れしてください」

「……は？　なにを言って——」

「お別れしたいんです」

一樹の言葉を遮り、さっきよりも強い口調で言った。

胸をかきむしるような痛みに襲われる。

苦しくて、痛い。

「なんの冗談だ。エイプリルフールじゃないぞ」

一樹が茶化して一笑する。

「冗談じゃないです。……本気です」

声を振り絞る。おかげで唇が震えた。

「理由は？」

「ほ、ほかに好きな人が」

「嘘をつくな」

「嘘じゃないんです。本当なんです」

思わず声が大きくなり、ラウンジにいるお客の視線を浴びた気がした。

唇だけじゃなく呼吸まで震えていた。

一樹を傷つけたくはなかった。そんな嘘で一樹を苦しめたくもなかった。でも、そんな理由でもなければ一樹を納得させられない。

「……どこのどいつ」

「それは……」

問いただされて当然だろう。一樹の強い語気に心臓が一突きされた。

「ほら、嘘なんだろう?」

「この前、ここに一緒に来た人、です」

「ライトパートナーズ? あいつが?」

言い方に険がある。その顔を見なくても、ムッとしているのは想像できた。

「そんな嘘を信じろって?」

「一樹さんと一緒にいると疲れるんです。社内恋愛なんてコソコソするばかりでつらいですし。なにをするにも強引で横暴で、それから……」

一樹の悪口なんて言いたくはなかった。しかも梓はそんなことをこれっぽっちも思っていない。

その先が出てこなくて、ぐっと唇を噛みしめる。

「とにかくこれ以上、一樹さんのそばにはいられません。……いたくないんです」

自分がそんなふうにして一樹から離れていく日がくるとは。

一樹にひどい言葉の数々をぶつけて、さんざん切りつけて、手ひどい仕打ちをするなんて思いもしなかった。

こんなときになって、一樹と過ごした時間がいろいろと思い出されていく。

創立記念パーティーの夜、一樹に手を引かれて客船の中を走ったこと。

初めてのキス。ふたりで一緒に映画を観たこと。

そして、初めて心を通い合わせた夜。

どの場面でも、一樹は梓にとって最高に素敵な恋人だった。

その一樹と、梓は今、別れようとしている。

絶対に離れないと思っていたのに、あっさり離れていく自分が信じられない。まるで、一樹にもらった知恵の輪のよう。一度外してしまえば呆気ない。

こんな運命なら知らずにいた方がよかった。恋なんて一生しなくてよかった。

あふれそうになる涙を懸命にこらえ、梓はスツールを下りる。アルコールのせいでふらついた足をなんとか持ちこたえた。

「本当にごめんなさい。失礼します」

深く頭を下げ、最後に一樹の横顔を見る。

焦点の合っていないように見えるその目は、遠く広がる夜景に向けられていた。

一樹は、最悪な朝を迎えていた。

激しい頭痛に襲われながら目をこじ開けたところで、自分がソファにうつ伏せでいると気づく。両手足はアイアンを巻きつけられたように重い。

その状態のままぐるりと視線だけ動かしてみれば、梓と泊まるつもりだったスイートルームには空になったワインボトルが無残に転がっていた。

(無様だな……)

あまりの自分の惨状に、乾いた笑いが込み上げてくる。その笑い声が広い室内に響き、ひとりを実感する。

ソファの一部と化したような体をなんとか反転させ、一樹は仰向けになった。

片方の腕で両目を覆い、頭痛をやり過ごす。胸の奥から絞り出すようにして息を吐くと、魂まで抜けていく感覚がした。

（いや、いっそ抜けてしまった方がいいのかもしれないな）

梓に突然の別れ話をされたのは昨夜のこと。ラウンジで会ってすぐ、思いつめたような顔に気づいたが、まさかそんな話が待っていると一樹は思いもしなかった。

別れの経験がないわけじゃない。これまでにも女性から切り出された経験は何度かある。

『奔放なあなたには、もう付き合いきれない』

たしか、そんな言葉だったたか。

当時の一樹はそれを聞いても、〝ふーん、そうか〟くらいにしか思わなかった。振られた痛みを感じるほど、相手に対して思い入れがなかったのだろう。

去る者は追わず。それが、一樹の恋愛におけるスタンスだった。

自分についてこられないのなら、それでいい。

それが本気の恋ではなかったのだと知ったのは、梓と出会ってから。

最初こそ自分のペースに巻き込み、自分勝手に物事を進め、いつもしてきたように振り回してきた。ところが、いつからか梓の反応が気になり、自分がどう思われているのか彼女の深層心理を探っていると気づく。

ふとしたときに考えるのは梓のことだった。梓が笑った顔、戸惑った顔、照れた顔。それらひとつひとつを思い出し、胸が高鳴るのを感じた。

その梓からの別れの言葉は、これまでの恋愛で一樹に向けられたものと同じなのに、ダメージは比べものにならなかった。

似て非なるもの、とでも表現したらいいのか。

その衝撃の強さのせいで昨夜の一樹は梓を追えず、縛りつけられたようにカウンターから動けなかった。

梓も自分を同じように想っている。そう考えていたのは的外れだったのか。だとしたら、一樹の妄想はかなり逞しいと言えるだろう。

(いったいなにがあったんだ。どうして梓は、突然別れるなんて言いだしたんだ)

それも、梓が言うとはとても思えない鋭い言葉をぶつけて。

考えたところで一樹にわかるはずもなく、ただ二日酔いの気だるさに身を委ねるしかなかった。

熱いシャワーを頭から浴び、一樹が向かったのはクレアストフォーム。職場だった。

土曜日に出勤するのは久しぶりだ。式場の案件もあり忙しいのに変わりはなかったが、梓と過ごしたいがために、平日をフルに使い仕事をこなしていた。

社員たちも繁忙期に合わせて出勤体系を変えるなどして対応しているため、社内には土日でも人がいる。

この日、社長室にいたのは秘書の友里恵だった。一樹を見た友里恵が「あら」と秘書机から顔を上げる。

「今日は佐久間さんとご一緒に過ごされるとおっしゃっていませんでしたか？」

その質問に一樹の眉がピクリと動く。

不躾だと感じるのは、梓に振られたせいだろう。

「……私、なにかいけないことを申し上げましたか？」

「いや」

一樹はひと言だけで返した。昨夜のことは思い出したくない。別れひとつで自分がこんなにも落ち込む人間だと初めて知った。

(なにが恋愛に奔放だ。自由にのびのびと恋愛？　既存にとらわれず思いのまま？　どこがだ。梓に囚われたままじゃないか)

大きく育ちすぎた梓への想いに、一樹は押しつぶされそうだった。

一樹が妙な噂を耳にしたのは、翌週の火曜日だった。

シュプリームウエディングの社長の流川が、挨拶を兼ねてクレアストフォームを訪れていた。

「久城社長、ライトパートナーズをご存知ですか？」

忌々しい名前を聞かされ、一樹の眉間に深い皺が寄る。梓の〝ほかにできた好きな男〟の会社だ。

だが、なぜその社名が流川の口から出てくるのか。

「先日、専務とは偶然お会いして挨拶だけはさせていただきましたが。その会社がなにか？」

「その子会社の不動産会社とうちとで、以前式場建設の土地売買でトラブルになったのですが」

ほかの候補地の地主との間で、契約に関して裁判沙汰になっていると聞いた記憶はある。

（ホテルで梓と一緒のところに鉢合わせしたとき、ライトパートナーズの社名でピンとこなかったのは、その子会社がかかわっていたからだったのか）

あのときの遠藤の妙な態度が、一樹は引っかかっていた。

「今度はどうやら『みよしの商店街』の一帯に商業ビルを建設するらしく、土地の買収を進めている噂を耳にしましてね」

〝みよしの商店街〟に一樹の耳が反応する。

その商店街には、梓の母親が経営する小料理屋がある。梓に聞いたところによると、曾祖父母の代から引き継いだ土地だったはず。

その場所に商業ビルを？

「商店街の同意は？」

「半分は立ち退いてもいいと言っているらしいのですが」

「残りの半分は難色を示していると」

「そのようですね。ほかと違って、あの商店街には味わい深いものがあるので、個人的には残るといいなと思っているのですが。ライトパートナーズのやり方には強引な面もあるようなので心配で。がんばってほしいです」

一樹の言葉に、流川は目を鋭くさせながら続けた。

梓の母親は、賛成と反対のどちらなのだろうか。梓とふたりで店を訪れたときには、大切にしているように感じたが。

曾祖父母の代からだとすると、百年は越えているはず。その店をあっさりと手放そうと思うだろうか。

「では、久城社長、完成まであともう少し、どうぞよろしくお願いします」

「はい、最後まで気を抜かずにいく所存ですので」

最後に握手を交わし、流川を見送った。

遠藤と、みよしの商店街の買収。

流川が何気なくした話が、一樹の心にやけに引っかかる。どちらもたまたま一樹と接点のあるもの同士というだけだが、なぜか聞き流しておくわけにはいかない気がしてならなかった。

社長机で腕を組み考え込んでいるところに、友里恵がコーヒーカップを片づけに入室する。

「三島、ひとつ調べてほしい案件があるんだ」

「はい、なんなりとお任せくださいませ。どういった件でございますか?」

友里恵はスーツのポケットから小さな手帳を取り出し、目を輝かせた。

梓は、一樹に別れを告げたホテルのラウンジから自宅までの道のりをどう帰ったのか覚えていない。自分がタクシーを使ったのか、電車に乗ったのか。どんな景色を見たのかも、記憶にない。

気づいたときには、自宅の前に立っていた。

人を傷つけると、自分まで傷つくのだと知ったのは初めてだった。

その相手が愛する一樹だったのだ。心は砕かれて粉々。

いっそなくなってしまえば楽になれるのに。そう願ったが、消えはしなかった。

眠れずに迎えた翌朝、バッグに入れたままになっていたスマートフォンを取り出し、履歴を開く。まだ登録していない番号をタップして、耳にあてた。

『梓さん？』

名乗るより早く、相手の弾んだ声が聞こえてくる。

重い口を開いた梓は、なんとか「はい」と応えた。

『こうして連絡をくれるのは、喜ばしいお話が聞けると思っていいんですよね？』

少なくとも、梓にとっては喜ばしくない。

梓が押し黙ったままでいると、遠藤は『午後にでもお会いしましょう』と半ば強引に約束を取りつけた。

待ち合わせは、梓の自宅近くの駅。やって来た遠藤の車に乗せられた。

やけに晴れた午後だった。雲ひとつない七月初旬の空は真っ青。梅雨空はいったいどこへ?と思うような空模様だ。

フロントガラスから差し込む光がまぶしすぎて目を閉じると、別れ際に見た一樹の横顔が梓の脳裏に浮かんだ。息が詰まるように苦しくなり目を開けると、今度は自分の置かれた現実が見えて切なくなる。

「僕に会ってくれたんですから、久城一樹とは別れたと思っていいんですね?」

「……はい」

声にならず、口から吐き出した空気で答えたようになる。

一樹との別れは認めたくないが、それが現実。自分が選んだ道。

「これで、母の店はあのままなんですよね?」

「約束ですからね。商業ビルの計画はもちろんストップさせます」

「本当ですね?　一樹さんにも、これ以上なにもしませんよね?」

念を押さずにはいられない。あの場所から店がなくなるのは、なんとしても阻止しなければならないし、一樹にもこれ以上かかわってほしくないから。

「心配性なんですね。梓さんはもうそれを気に病まなくていいんです。あとは僕との結婚に向けて準備をしていくだけです」

「……結婚？」

「そうですよ。だって、結婚を前提としたお付き合いを始めるわけですから」

遠藤はハンドルを握りながら、うれしさを隠しきれないといった笑みを浮かべた。

（私、遠藤さんと結婚するの？）

見たくない未来を提示され、梓は目の前が真っ暗になる。

「婚約はできるだけ早い方がいいですね。そうだ。いいことを思いつきました」

いったいなにかと身構える。遠藤の口から出てくる言葉は、梓にとって決していいことではない。

「ライトパートナーズの社員にも紹介したいから、婚約披露パーティーを開くのもいいですね」

「そんな……」

「いや、そうしましょう。早速計画しなくてはなりません」

声を弾ませ、遠藤は俄然張りきりだす。当然ながら梓はそんな気分になれず、さらに気持ちが落ちていくいっぽうだった。

「例の王子様とはうまくやってる？」

多香子からそんな質問をされたのは、朝食の席だった。

一樹と別れて一ヶ月が経過していた。

多香子の隣では陽子が、うまくいっていないわけがないといったように笑みを浮かべる。

ところが梓の沈んだ表情を見て、「どうしたの？　ケンカでもした？」とふたり揃って箸を止めた。

そんなふうに注目されると困るが、このまま黙っているわけにはいかないだろう。一樹とのことはふたりも祝福していたから、別れた事実を隠しておくのは不誠実だ。

「実は一樹さんとは別れたの」

暗くならないよう、できる限り声のトーンを上げる。そうでもしなければ、今にも泣いてしまいそうだった。

「どうして？」

「なんて言ったらいいかな。ほら、一樹さんは社長さんで大病院の御曹司でしょう？生きている世界が違うっていうか、価値観がどうしても合わなくて」

さも正当な理由をあげ連ねる。

一樹が一般家庭の生活レベルと違っていたのは事実。でも一樹は、それを鼻にかけるわけでも、ひけらかすわけでもなかった。気取らない人柄は、常に人を惹きつけていた。

多香子と陽子が、眉尻を下げて悲しそうに梓を見つめる。

ふたりにそんな顔をさせるわけにはいかないと、梓は明るい声でさらに続けた。

「でね、前にお母さんに紹介してもらった遠藤さんと、今はお付き合いさせてもらってるの」

「えっ？　あの遠藤さんと？」

陽子が驚いた声をあげる。それも無理はないだろう。もうとっくに断って、話が済んでいると思っていただろうから。でも、それを黙っているわけにはいかない。

「うん。たぶんこのまま結婚になるかと思う。遠藤さんも専務さんだけど、一樹さんに比べたら庶民的っていうか、ね」

「……本当にそれでいいの？」

「うん。決めたの」

多香子に確認され、自分にも言い聞かせるように強くうなずく。

（これでいい。これが最善の道だから。一樹さんはモテるから、きっとすぐに新しい人と巡り合えるはず。私なんて、すぐに忘れちゃうわ）

あれから遠藤は毎晩のように梓に電話連絡を入れ、休みの日には反強制で連れ出す。婚約披露パーティーの話も急ピッチで進められているらしく、会うたびに遠藤はうれしそうに梓に報告してくる。

梓はそれも半分以上は耳に入らず、どこか他人事のような感じだった。遠藤と人生を歩んでいく実感が、いまだに沸かない。

「久城の家とうちとは、ことごとく縁がないのかね……」

多香子がポツリと寂しそうにつぶやいたのを梓は聞き漏らさなかった。

多香子にも、一樹の祖父との恋をあきらめなければならなかった過去がある。でも、もしもそのときにふたりがうまくいっていたら、梓は今ここにはいない。

多香子の言うように、一樹とはそういう運命でしかなかったのだろう。

「そういば、お母さんのお店の方はどう?」

「おかげさまで変わりなく」

「なにか気になったり、困ったりしてることはない?」

ここで梓から商業ビルの話を持ち出したら、遠藤との関係性を不自然に思われるだろう。梓は遠回しに聞いた。

「ないわよ。少し前にはどうなるかと思った心配事もあったけどね」

それはまさしく遠藤が進めていた商業ビルの建築だろう。

陽子の心配事がなくなったのなら、遠藤はきちんと約束を守ったのだろう。それさえわかれば梓は十分だった。陽子の店を守れれば、それでいい。

梓は一樹へ募る想いを封印しようと心に誓った。


ライトパートナーズによる、みよしの商店街の土地買収に関する噂は本当だった。

友里恵から報告書を受け取った一樹は、その用紙を穴が開くほどに読み込む。

みよしの商店街は、日用品店や飲食店を中心としており、住宅地と商業地が混在している地域型商店街である。会員数は、およそ二百名。その約半数が立ち退きに反対しており、その中には梓の母親が経営する忍び草も含まれていた。

駅から徒歩五分圏にあるため、周辺にある住宅地への往来のために人出はそこそこあるが、出店している店への立ち寄りはそれほど多くない。

一見すると栄えているように見える商店街だが、近年よく言われているように緩やかな衰退をたどっている。立ち退きに賛成している店は、その傾向が顕著なのだろう。

一樹が引っかかるのは、土地買収にかかわる諸々が現在ストップしている点だった。

計画がとん挫したのか、それともなにか別の理由なのか。

これは憶測の域を出ないが、梓がそこに関係しているのではないかと一樹は考えていた。計画が止まった時期と、梓が一樹に別れを告げた時期が重なっているのだ。梓自身を差し出せば、商業ビルの建築を止めてもいい。遠藤は、そんな話を梓に持ちかけたのではないか。

母親の店を守りたい一心で梓がその話に乗ったと考えれば、一樹に突然別れを切り出した理由もわかる。あの遠藤を好きだと言った理由も。父親を亡くした後、懸命に育ててくれた母親を梓は見過ごせなかったはずだ。

（遠藤のやつ、姑息なことを……）

非情な手段をとった遠藤に、一樹は虫唾が走る思いだった。

「社長、いかがいたしましょうか」

「このままにしておくわけにはいかない」

梓も、忍び草のある商店街も。そして遠藤も。

「商店会の会長と、至急アポを取ってくれ」

まずは直接聞き取りが必要だ。

「承知いたしました」

友里恵が社長室から出ていくと、一樹は椅子をくるりと反転させて窓の外を眺めた。

夕暮れが近づいた街には、ポツポツと明かりがつき始めている。

「このまま済むと思うなよ」

一樹は握りしめた拳に力を込めた。


翌日、一樹は、商店会の会長であり和菓子屋の三代目でもある栗田健太郎をクレアストフォームに招いた。

学生時代にアメリカンフットボールをやっていたという栗田はとても大柄な男で、第一印象は威圧感の塊だった。しかし、口を開けば温厚な様子がわかる。

彼によれば、商店街の近況については一樹が予想した通り衰退の影がじわじわと迫っているらしい。商業ビル誘致に賛成している会員は商店街に愛着こそあるが、仕方がないといったあきらめモードなのだという。

栗田自身は反対の立場をとっており、それらの会員をなんとか引き留めようと奔走しているが、思うようにいっていないらしい。

一樹はその話を踏まえたうえで、さらに二週間後、ある提案をしようと再びクレアストフォームへ栗田を招いていた。

「商店街を再生させるつもりはありませんか？」

一樹は向かいに座った栗田へ、真剣なまなざしを向ける。

「再生、ですか？　そんなことが可能なんでしょうか？」

半信半疑といった様子で目をまたたかせる栗田に、一樹は強くうなずいて手もとの資料を手渡した。

「これをご覧になっていただきたいのですが……」

そこには、〝みよしの商店街再生プロジェクト〟と銘打った提案がＡ４の用紙五枚にわたり書かれている。

一樹はこの二週間、自分の足でみよしの商店街の調査を行った。それにより改善や新たな取り組みで、生まれ変われると判断したのだ。

思いきってアーケードの天蓋を撤去し、開放感のある空間にリニューアル。約六百メートルの通り沿いに樹木を植え、季節ごとに違った表情を楽しめるようにする。歩く喜びを失った街は退屈なため、歩いて気持ちがいいストリートを目指していくのだ。

また、来街者から休憩スペースを求める声が定期的に寄せられている点からヒントを得て、空き店舗や通りの一角を使った、無料の〝お休み処〟も検討。

商店街の最奥にある空き地を〝みんなの広場〟と銘打ち、子どもが走り回ったり、店で買ったものを食べたりする憩いの場にする。

空き店舗の寂し気なシャッターには絵を描いてオシャレに飾り、マイナスの存在をプラスに変えていく。

空間デザインで街ににぎわいを取り戻す。

それが一樹の提案だった。

もちろんそれだけでは不十分なため、商店街共通のポイントカードを作成して売上アップを図り、同じデザインを用いた買い物袋で統一感や連帯感を持たせる。

一樹の提案は、どれも実現可能なものだ。

「みよしの商店街は、まだまだやれるはずです」

絶対に生まれ変われるはずだ。一樹は強い意志を込め、栗田を熱く見た。

「……そうですね。やれる気がしてきました」

提案書から顔を上げた栗田の表情がパッと明るくなる。

「反対している会員はもちろん、みんなを集めて話してみます。あそこから離れたくない気持ちは、誰も一緒ですから」

最後に固い握手を交わし、栗田は意気揚々と帰っていった。

偽りから始まったふたりの恋の結末

季節は夏の終わりの九月初旬。梓が一樹と別れて二ヶ月が経とうとしている。

社内で一樹を見かけても、当然ながら梓は声もかけられない。以前と変わらずさっそうと仕事をしている姿は、梓との過去がまるでなかったかのようだった。

一樹と過ごした時間はひとときの夢。そう思うしかなかった。

ル・シェルブルの控え室。梓はひとりで大きな鏡の前に座り、映った自分をぼんやりと眺めていた。

Aラインの真っ白なワンピースに身を包む自分は、色を失ったかのように見える。心は虚ろ。体には力も入らない。

今日はこれから、ここで遠藤との婚約が披露される予定になっている。

集まるのは遠藤の会社関係者や親族。出席者が約百人という中規模の披露パーティーになるそうだ。結納こそまだだが、ここでお披露目されれば、梓は遠藤の婚約者として認定されるだろう。

一樹と初めて気持ちを確かめ合ったこのホテルで、遠藤との婚約を披露するのは心にこたえる。

多香子と陽子はいまだに半信半疑。本当にそれでいいの？と、今朝もしつこいくらいに聞かれた。

この二ヶ月、ふたりの前ではなんとか笑顔を見せていたが、ふとしたときに一樹のことを考えると暗い顔になる。ふたりもそれに感づいていたのかもしれない。

控え室のドアがノックと同時に開く。鏡に映った遠藤を見て、梓の気持ちはさらに沈んだ。

「素敵だよ、梓」

梓に近づき、椅子の周りをくるりと歩く。手を取り、梓を立たせた。

梓はされるがまま。自分が操り人形にでもなった気分だった。

この二ヶ月の遠藤は梓が嫌がることはいっさいせず、それこそお姫様のように扱った。キスすらしていない。復讐に手を染めようとしていた遠藤だったが、根っからの悪人ではないのだろう。

でもきっと梓は、一生一樹を愛し続けるに違いない。別の人のそばにいながら、一樹を想い続けて生きていく。

遠藤は梓の両手を握り、じっと見つめた。

梓はその目を見ずにうつむく。それを恥ずかしがっているととったか、遠藤はクスッと鼻を鳴らした。

「顔を上げて。みんなに披露すれば、キミは僕の立派なフィアンセだね。僕がこのときをどれほど待ちわびたかわかる？」

なにを言われても、梓はうつむいたままだ。

（遠藤さんは、こんな人形のような私で本当にいいの？　一樹さんへの想いを断ち切れない私と結婚するだなんて）

遠藤といるときの梓は、いつだって心ここにあらず。遠藤が一方的にしゃべり、梓は相槌（あいづち）を打つ程度。がんばって浮かべた笑顔は唇の端が震えた。

そのときドアがノックされ、遠藤の秘書が現れる。男は頭を恭しく下げ、遠藤に近づいた。

「専務、取り急ぎお話ししたい件があります」

「こんなときになに。話ならパーティー終了後にしてくれないか」

「ですが、みよしの商店街の件なんです。妙な動きが」

秘書が口にした言葉に、梓の耳が反応する。

（みよしの商店街？　どうして今さらその話を持ち出すの？　商業ビルの話はなく

なったはずでしょう？　妙な動きってなに？）

遠藤は焦ったように梓をチラッと見やり、秘書を「こんなところでする話じゃないだろ」と小声で叱責する。

秘書は「申し訳ありません。ですが急ぎで」となおも食い下がった。

「遠藤さん、みよしの商店街のビル建築の話って、なくなったんですよね？」

どうしても気になり、梓が問いただす。

「え？　あ、うん、まぁそうだね。なくなったっていうか、もともとストップするとは言ったけど、中止にするとは言ってないよね？」

「そんな……」

この期に及んで、遠藤は開きなおった。あまりにもひどい言い草に、梓は言葉が続かない。

梓は商店街を守るために……忍び草を手放さなくていいように、遠藤の言いなりになったのに。

（それを反故にするなんて……。私はなんのために一樹さんと別れたの？）

行き場のない悲しみと苛立ちが、心の中で渦巻く。

「今日の婚約披露パーティーさえ済めば、梓は僕から逃げられないから」

遠藤は最初から梓を騙すつもりだったのか。

梓を手に入れるためにみよしの商店街に目をつけ、開発の名のもとに揺さぶりをかけた。そして自分のものになった途端、計画を再始動させる。はなからそういう魂胆だったのだ。

梓は、それにまんまとのせられた。

大切な、大好きな一樹のもとを離れる大きな代償を払ってまで。

梓が足もとから崩れそうになったそのとき、控え室のドアが大きく放たれた。

「それならまだ間に合うな」

聞き覚えのある声が、梓の胸を打ち抜く。その声につられるようにして梓が顔を上げると、そこに信じられない人物が立っていた。

一樹だったのだ。

走ってきたのか肩を上下させ、今まで見せたこともないほどの険しい顔をしている。

梓はなにが起こったのかわからず、その場で金縛りにあったかのように棒立ち。それは遠藤も同じだったようで、ぽかんと口を開けた情けない表情で一樹を見た。

「遠藤、梓は返してもらう」

「……どうしてそんなことができる？　梓は自分の意思で僕を選んだんですよ？

ねぇ、梓？」

遠藤にそう聞かれたが、梓は首を縦には振れない。みよしの商店街の開発が再始動したと聞く以前だったら、遠藤の質問にうなずいていただろう。

でも、今は違う。

梓を騙し、なりふりかまわず人を貶める遠藤に従うつもりはない。

梓が首をふるふると横に振っているのを見た遠藤は、それでも余裕の笑みを浮かべていた。

「梓が、今ここでもう一度僕との結婚を誓うのであれば、今度こそ本当に商業ビル建築の話は白紙にするよ。ストップじゃない。白紙だ」

遠藤が不敵に言い放つ。

遠藤は今たしかに〝白紙〟だと言った。一時中断の〝ストップ〟ではない。

（……今度こそ、本当に忍び草を守れるの？　そうだとしたら……）

梓が心を動かされそうになったとき。

「梓、コイツに従う必要はない」

一樹が強く言い放つ。

「コイツとは心外ですね。負け犬の遠吠えというやつですか？　残念ながら、ここにあなたの出る幕はありません」

「それは遠藤専務、あなたの方だ」

一樹は遠藤を鋭く指差した後、ドアの方を向いて誰かを招き入れる仕草をする。

そこから入ってきたのは、梓が商業ビルの件で何度か訪れた商店会の会長だった。

「……栗田さん？　あなたがどうしてここへ？」

遠藤が眉をひそめながら首をかしげる。

栗田は一樹より一歩前に出た。

「遠藤専務、今回のお話はなかったことにしていただけませんか？」

「なにを突然。商店街はこれから衰退する一方なんですよ？　大きな商業ビルを建てて活性化を図らなければ、十年後には誰も近寄らなくなる」

「ですから、ここにいらっしゃるクレアストフォームの久城社長と、その活性化を図っていこうと決めたんです」

「なにを今さら……。いったいなにができるつもりでいるんですか？　だいたい商業ビルに賛成している人たちはどうするつもりですか」

遠藤が焦り始めているのは、手に取るようにわかった。唇がわなないている。いつも冷静な遠藤には珍しい様子だ。

「それでしたら、こうして彼らの了解も得ておりますので」

栗田は手にしていた用紙を遠藤に差し出した。

梓から見えたのは、名前と印が押された署名の一覧のようなものだった。

「……そんな馬鹿な」

「開発に賛成していた者たちも、本をただせばあそこで商売を続けていきたかったんですよ。ただ永続させていく手段と自信がなかっただけで。ですが今回、空間デザインのプロフェッショナルである久城社長から素晴らしいご提案をいただいて、みんなでやってやろうじゃないかと立ち上がったわけなんです」

遠藤の顔色がみるみるうちに青ざめていく。無理やり呼吸するかのように肩を上下させ、その目はゆらゆらと泳いでいた。

目の前に起きている事態が信じられないのは、梓も同じ。一樹がそんなふうに立ち回っているなど知る由もなかったのだから。

「そういうわけだ。遠藤専務、観念しろ」

一樹が言うのと同時だろうか。遠藤はその場に膝から崩れ落ち、それを秘書が必死に支えた。

悪夢の終わりは突然。梓は全身から力が抜けていく気がした。

「梓、おいで」

両手を広げて優しく微笑む一樹の胸に、思いきって飛び込む。

「一樹さん……！」

懐かしいぬくもりと香りだった。込み上げてくる想いに胸が熱くなる。

「遅くなってごめん」

遅いもなにもない。梓を真っ暗闇の中から救い出したのが、一樹だという喜びに体中が震えた。

一樹に肩を抱かれるようにして歩き、駐車場に停められていた車に乗り込む。

もう離れたくない。そんな思いに突き動かされるように、どちらからともなく唇を重ねた。

ゆっくりとした優しいキスが、離れていた時間を埋めていく。

互いに腕を伸ばし合い、体を引き寄せる。運転席と助手席の間が離れているのがもどかしい。

もう二度と一樹と触れ合えないと思っていた。心を通い合わせるのもそう。

愛しくて、切なくて、胸の奥がきゅうっと縮まる。

一樹が遠藤の策略に気づかなければ、梓はここにはいなかった。

今日あの場に一樹が来なければ、梓は遠藤と人生を歩んでいたかもしれない。

大好きな人と一緒にいられるのは奇跡。そう思わされた。

唇をそっと離した一樹が、梓をしっとりとしたまなざしで見つめる。

「どうして俺に相談してくれなかったんだ」

「……一樹さんに迷惑はかけたくなかったんです」

「俺を誰だと思ってる。見くびってもらったら困るな」

見くびっていたわけでは決してない。頼りがいのある男は一樹をおいてほかにいないのは、梓もよく知っている。

でも、今回の一件が一樹への復讐のためとなると話は別だ。一樹が以前、設計図のトラブルで梓を救ってくれたように、梓も一樹を守りたかった。

さらに忍び草の行く末という家族の問題は、自分でなんとかしなければならないと強く思ったのだ。

「ごめんなさい。ひどいことも言いました」

「あれは、かなりパンチが効いていたぞ」

一樹が間近で微笑む。

そうして笑えるのも、今ここに梓がいるからだろう。

「本当にごめんなさい。あんなこと、思っていなかったんです」

ひどい言葉の数々は、今思い出しても胸が痛くなる。

「もういいよ。梓を取り戻せれば俺は十分だ」

梓の頬に手を添え、一樹はもう一度口づけた。

このままずっと一樹と触れ合っていたい。

離れていた反動が、ふたりのキスをより熱いものにしていった。


プレゼン用の企画書の作成、デジタルパース、各種イベントデザインのスケジュール調整。次から次へと仕事をこなしていく梓を見て、絵梨が向かいのデスクから首を伸ばす。

「梓さん、すごく張りきってません？　最近、なにかいいことでもありましたか？」

「え？　どうして？」

梓は、パソコンの画面から目をずらして絵梨を見た。

「ここ一週間くらいそうですけど、これまでにも増して精力的に仕事してるんですもん。なんだか顔もキラキラしてるっていうか」

たしかにいいことはあった。

一樹と別れていた、つらい二ヶ月をひと息で吹き飛ばすほどのいいことが。

絵梨に言われてドキッとしたし、その通りでもあるが、一樹との話をするわけにはいかない。いわばトップシークレットだ。

なにしろ一樹はクレアストフォームの社長。その恋人が社内にいたのでは、周りも一樹も仕事をしづらくなるだろう。

「なにもないよ」

軽く受け流すが、表情筋が緩むのは止められない。「ほら、その顔！」と絵梨に指摘されて、真顔を浮かべるのに苦労する。

そこから逃げる以外に手立てがなくなり、梓はトイレに行くふりをして席を立った。

（それにしても絵梨ちゃんってば、いつもながら勘が鋭いんだから。……それとも私がわかりやすいの？）

そう考えながら歩いていると、反対側から友里恵が来るのが見えた。

梓に気づき、友里恵が上品に微笑む。

（そういえば、三島さんにきちんとお礼も言っていなかったわ）

みよしの商店街の一件では、友里恵がいろいろと情報を集めたと梓は一樹から聞いていた。

ちょうどその頃佳境を迎えていた式場建設は、すべての工程が終了し、来週の月曜日に引き渡す予定になっている。そんな時期に一樹にも友里恵にも負担をかけ、梓は本当に頭が上がらない。

「あの、三島さん、少しだけお時間をよろしいですか?」

すれ違いざまに友里恵を呼び止め、近くのミーティングルームへ引き入れた。

「今回の一件では、本当にお世話になりました」

ドアを閉めるなり頭を下げる。

「いいえ。私は社長の指示に従っただけよ。社長が仕事をしやすくするのは秘書の勤めです」

友里恵は生真面目な表情で顎を引いたと思えば、口角をニッとつり上げて続ける。

「そして、なによりも社長の結婚ですからね。その後、どう? そろそろいいのでは?」

「そうおっしゃられましても……」

これればかりは梓ではどうにもできない。女性からプロポーズもありかもしれないが、梓にはそこまでの勇気はない。

一樹がそこまでは考えていなかったら、妙なプレッシャーを与えてしまう。それで仕事に支障が出たら友里恵も本末転倒だろう。

「おふたりが早く片づいてくださらないと、私も困るわ」

「そう、なんですか？」

いったいなにがどう困るのだろうか。

梓が首をかしげていると、友里恵は驚くべき言葉を口にした。

「実はこの度、婚活が実を結び、この私にも結婚の話があがっているのです」

「えっ……？　三島さん、ご結婚されていなかったんですか？　若い頃にご結婚されて、すでに社会人の息子さんがいるとばかり」

「まぁ、どこのどなたがそのような話を？」

いつも冷静な友里恵の目が大きく見開かれる。

「どなただったかは私も定かではないのですが……。てっきりそう思っていました」

そういえば噂の出所は判然としない。いつの頃からか、そうなっていたのだ。おそらく友里恵の年齢から勝手にそう思い込んでいたのだろう。

「私は独身です。子どももおりません」

「……申し訳ありません」

梓には平身低頭、謝る以外にない。

「あなたが謝る必要はないわ。ともかくそういうことなので、社長をせっつくなり誘惑するなりしてください。私もこの婚期を逃すつもりはありませんので」

「もしかして三島さん、退職されるんですか？」

梓たちの結婚をそこまで焦らせる理由が、ほかに思いあたらない。

「ええ、そのつもりです」

きっぱりと、そして正直に認める。

あまりにもあっさりしすぎて梓は拍子抜けした。

「これまで何人もの社長に仕えて結婚を推し進めてまいりましたが、そろそろ私自身も幸せになろうと思います」

友里恵は、梓が知っている中でもとびきりの笑顔を浮かべた。

もしかしたら友里恵は、幸せを運ぶ女神なのでは？

梓はふとそう思ったのだった。


『梓を連れていきたいところがある』

そう言って一樹が梓を車で連れ出したのは、その週の日曜日だった。

空は高く、一点の曇りもない青空。時折吹く風には、秋の訪れを感じさせる。

一樹の運転する車は街を抜け、緩やかな坂道を上がっていく。

一度だけ訪れたことのある場所がある。

（この先には……）

「一樹さん、もしかして」

梓がそこまで言ったとき、目の前に真っ白な建物が姿を現した。

それは梓がよく知っているものだった。『Brilliant（ブリリアント） Wedding（ウエディング）』とネーミングされた、一樹デザインの式場だ。

チャペルの隣に披露宴を開ける会場も併設されている。

景色に見覚えがあるのは当然。周りの風景も、デジタルCGに取り込まれていたから。パソコンの画面上で何度となく見ていたため、よく知る場所のよう。

「完成したら来てみたいって言ってただろう？　引渡し前の完成版を誰よりも早く見せてあげようと思ってね」

梓は、一樹の粋な計らいがうれしかった。

プラタナスが植えられた駐車場の地面も建物と同じく白で合わせられ、一体感を感じさせる。緑と白のコントラストが美しい。

その一角に車を停め、一樹が梓を助手席から降ろす。手を引かれながらS字を描いた緩やかなスロープを上がり、一樹が開錠したドアから披露宴会場の中へ入った。

窓を大きく配し、明るさと丘の上からの眺望が存分に生かされている。

天井には雲を模した照明がいくつも連なり、空に近い式場のコンセプトをもとにした造りとなっている。見上げると、丘の上に雲がたなびいているような演出だ。

外観同様に白を基調にした室内は、とても明るい。

「とても素敵です。何度か友人の結婚式に参列した経験がありますけど、ここまで素敵な式場は初めて見ました」

さすが空間デザイナーの一樹だ。

「梓に喜んでもらえるのが、俺にとっては一番だ」

一樹の言葉がくすぐったい。

ゆっくりと見ながら、隣のチャペルへ続く通路を一樹に手を引かれて歩いていく。

背の高い格子窓のおかげで、暗くなりがちな場所も光が照らしていた。

アーチ型のドアを抜けると、チャペルに到着する。高い天井まで続く窓のステンドグラスから差し込む明かりが、チャペル全体を優しく包み込む。波を打つように緩やかな曲線を描く壁面が、やわらかな印象を造り出していた。

場所柄、厳かな空気も流れ、心が引きしまる思いがする。

一樹は、祭壇の前で足を止めた。梓のもう片方の手を取り両手をつなぐと、向かい合う格好になる。

「ここで梓に言おうと思っていたことがある」

いつになく真剣な目をした一樹が、優しい笑みを浮かべる。

「なんでしょうか？」

それはまさか……との思いが駆け抜けた。

一樹の様子と神聖な場所が、梓の鼓動を速くさせる。張りつめた気持ちが最高潮に達したとき――。

「結婚しよう」

一樹の唇がはっきりと動いた。

（結婚。私が、一樹さんと……）

舞い込んだ大きな幸せが、梓の心を震わせる。

なにも返せずにただその顔を見つめていると、一樹にそっと引き寄せられた。

耳もとでもう一度、「結婚しような」と繰り返す一樹。梓はそこでようやく「はい」と答え、一樹にぎゅっとしがみつく。

「結婚の〝ふり〟じゃないですよね？」

「あたり前だ。正真正銘のプロポーズ」

梓の念入りな確認に一樹が断言する。

これまで感じたことのないほど大きな幸せが、梓の心ばかりか体まで震わせた。

一樹のデザインした憧れの場所で、大好きな一樹からプロポーズされる。

幸せすぎるというのは、これだと実感せずにはいられない。

一樹にそっと引き離され、吸い寄せられるように唇が重なった。

偽りから始まったふたりの恋は、この先も果てなくずっと続いていく。

END

番外編～永遠に続く幸せ～

大きな姿見の前で全身を映し、前後左右と何度もチェックする。

薄紅色に白い小花が咲いた訪問着が、梓の頬も朱色に染めていた。

「ね、おばあちゃん、変なところはない？」

「なーんにもないよ。どこからどう見てもべっぴんさん。王子様もさぞかし喜ぶだろうね」

「やだ、おばあちゃんってば」

梓は照れながら顔を押さえた。

今日はこれから、一樹の両親に会う予定になっているのだ。

遠藤との一件が収束してから一ヶ月。梓は、これ以上ないくらいに幸せな毎日を送っている。

ふたりの件が公になった社内は、一時騒然。絵梨に至っては、『どうして教えてくれなかったんですか！』と盛大な膨れっ面を向けた。

今はそれも収まり、ウエディング系の雑誌を買ってきては梓に『ここは押さえるべきポイントですよ』と、いろいろアドバイスをしてくる。女子力が見事にない梓には、とてもありがたい。

インターフォンに呼ばれて玄関へ向かう。きっと迎えに来た一樹だ。

梓がドアを開けると、一樹は口を半開きにした状態でフリーズした。

「……おかしいですか？」

なにも言わずに固まる一樹を見て心配になる。

一樹の両親に会うからと張りきって着物を着込んだが、似合わないのならやめた方がいいだろうか。

「一樹さん？」

顔の前にひらひらと手をかざすと、そこで一樹はようやく口を開いた。

「……驚いたな。まさか着物だとはね」

あまりにも堅苦しすぎたか。

「やめた方がよければ、すぐに脱いできます」

頭の中であれこれと自前の洋服を思い浮かべる。

(なにかほかにあるかな……)

ところが、踵を返そうとした梓の手を一樹は掴んだ。

「いや、違うんだ」

「では……？」

「あんまり綺麗だから見とれた」

ストレートに褒められて、今度は梓が固まる番だった。血流が頬に一気に集まり、恥ずかしさに目が泳ぐ。

「そうやって照れる顔もたまらない」

一樹は梓の額にキスをし、「脱がせ甲斐もあるしね」と耳もとでいたずらにささやいた。

梓がドキッとさせられていると、背後から足音が聞こえてくる。

「一樹さん、今日はどうぞよろしくお願いしますね」

多香子と陽子だ。

結婚に向けたふたりへの挨拶は、先週末に済んでいる。ふたりとも、もちろん大喜びだった。

「はい。責任を持ってお預かりいたします」

頼もしい挨拶をした一樹は、梓を連れ立って車に乗り込んだ。

梓が言わなくても、帯が崩れないようにシートを倒してくれる気遣いがうれしい。

このところ秋の長雨状態だった十月の空は、信じられないくらいに真っ青。雨に洗われた清々しい空気が気持ちいい。

一樹は、車が信号待ちで止まるたびに梓にチラチラと視線を投げかける。

「どうかしましたか？」

「どうもこうもないよ。あんまり綺麗だから、見ずにはいられない」

「あまりそうされると恥ずかしいのでやめていただけると……」

「それは無理だな。いっそ車を停めてずーっと見ていたいよ」

一樹なら本気でそうしそうだ。

ストレートな言葉は、いつだって梓の心をくすぐる。

「おばあさまに着付けてもらったの？」

「いえ、自分で着ました。中学生の頃に祖母から教わったので」

着物は自分で着られた方がなにかと便利だと多香子に言われ、浴衣の着付けが始まりだった。これがなかなか楽しく、梓も夢中になって覚えたものだ。

「へぇ、いいね、そういうの。女性らしさがたまらない」

「そうでしょうか」

「着付けができれば、遠慮なく脱がせられるしね」

憎めない笑顔で冗談まじりに言う一樹だが、梓はそれにうまい切り返しができない。ただ頬を赤く染めてオロオロとするばかり。

そんな反応をまたおもしろがる一樹だった。


一樹の車はレンガ造りの立派な家の前で停められた。

さすがは大病院の御曹司。百坪は余裕でありそうな大きな建物だ。手入れのされた庭を合わせると敷地面積は五百坪を軽く超えそうである。

予想以上の自宅を前にして、体がこわばった。

一樹にエスコートされて玄関の前に立つ。

(どうしよう。いよいよだ……)

梓は慌てて、手のひらに〝人〟という字を書いて三回飲み込んだ。

「なにしてるんだ?」

「緊張がひどいので、人を飲んでます」

「それ、本当に効く?」

「どうでしょうか。でもやらないよりはいいような気がします」

心臓は早鐘だし、膝は笑うくらいに震えている。とにかくこの緊張をなんとか和らげたい。

「そんなに緊張するような親じゃないから心配するな」

「ですが、本当に私のような者で大丈夫なのでしょうか」

なにしろ家柄が違う。多香子もそれが原因で恋をあきらめたのだから。時代こそ違うが、自分だって似たような状況だ。

「梓が気にしてるのは、もしかしておばあさまとうちの祖父のことか？」

まさにそう。梓はうなずいた。

「梓は素晴らしい家庭で、こんなに立派に育てられているじゃないか。なにを卑下する必要がある？　うちの両親は、人柄を見るから不安になる必要はないよ」

「……そうでしょうか」

「俺が言うんだ。間違いない。こんなにかわいくて素敵な女性を俺は知らないよ。ほら、顔を上げて」

言われるままに顔を上げた梓の唇に、一樹の唇がチュッと音を立てて軽く触れる。

「か、一樹さん、こんなときに……！」

「〝人を飲む〟より、俺のキスの方がおまじないの効果はあるはずだ」

思わず眉をひそめて梓が抗議すると、一樹はさらりと言ってのけた。ニッと笑い、梓の頬をつんと突く。

言われてみればそうかもしれない。こんなにも頼もしく、強い一樹のキスならば、ほかのどんなものよりも効果が期待できる。現に梓は、今のキスで心が軽くなった。

「とにかく大丈夫だ」

一樹に手を強く握られ、梓は微笑みで返した。

玄関のドアを開けると、家政婦らしきエプロン姿の女性が出迎える。そのすぐ後に、一樹の両親は現れた。

「佐久間梓と申します」

油を差した方がよさそうなほどのぎこちない仕草で頭を下げると、一樹が隣でクスッと笑う気配がした。

「いらっしゃい。お待ちしてましたよ」

病院で何度も会っている一樹の父親である智弘は、白衣を脱いでも優しい印象は変わらない。

「梓さん、さぁ上がってください」

母親の美弥子(みやこ)が気品のある笑顔で言う。切れ長の目もとが印象的なアジアンビューティーといった感じだ。

どちらかというと、一樹は父親の方に似ているのかもしれない。

通されたリビングは三十畳はあろうかと思われる広さで、落ち着いたダークブラウンの調度品が重厚な空間をつくり出している。

ソファを勧められ、梓は軽く頭を下げ、革張りの弾力にひそかに感心しながら腰を下ろした。

「本日はお忙しい中、お時間をつくっていただきありがとうございます」

「堅苦しい挨拶は抜きにしましょう。一樹が梓さんを正式に紹介したいと言ってきたときには、私も妻も大喜びだったんですよ」

智弘からもったいない言葉をかけてもらい、梓は恐縮しつつ「ありがとうございます」と返した。

「次男は昨年結婚しましてね、残すは長男の一樹だと思っていましたが、いやいや、こんなに素敵なお嬢さんを連れてくるとは驚きですよ。しかも多香子さんのお孫さんだというんだからね」

「主人から伺いましたけど、本当に不思議な縁ですね」

智弘に美弥子が続けた。

不思議な縁。本当にそうだと梓も思う。どちらもそれぞれ結婚して幸せな家庭を築いたのだろうが、その昔、報われなかったふたりの恋心が呼び合ったのかもしれない。

「ともかく私たちは梓さんを大歓迎ですからね」

「ちょっとわがままなところもある息子ですが、どうぞよろしくお願いします」

智弘と美弥子から頭を下げられ、梓も慌てて「こちらこそよろしくお願いします」と立ち上がって腰を深く折った。


一樹の両親への挨拶を終えた梓は、数年前まで一樹が使っていた二階の部屋へ案内された。

二十畳ほどの部屋には布団こそないものの、ベッドも書棚もデスクもあり、使っていた当時のままになっているようだ。ブラックを基調としたシックな家具は、今の一樹のマンションのテイストとよく似ている。

定期的に掃除の手が入るのだろう。とても綺麗にされている。

「一樹さんの小さい頃のアルバムはありませんか？」

梓はふと、一樹の幼い頃を知りたいと思った。

「もちろんあるよ。見る？」

「はい、ぜひ見たいです」

バイタリティあふれる一樹が、どんな幼少期を過ごしたのか、とても興味がある。

一樹は書棚をあさり、分厚いアルバムを何冊か取り出した。それをベッドのマットの上に広げる。

梓はベッドに腰をかけ、そのうちの一冊を手に取った。

生まれたばかりの一樹の目はくりくりとまん丸。赤ちゃんにしては整った顔つきをしていて、とても愛らしい。

「うわぁ、かわいいですね」

あやされて笑っている写真は、オムツのＣＭにでも出られそうなくらいかわいく、将来有望が間違いなしといった感じだ。

「だろう？」

一樹もまんざらでもないらしい。自信満々に笑う。

幼稚園、小学校と写真の時間が進むにつれ、一樹の顔立ちがだんだんできあがってくる。幼さの中にも、意思や芯の強さが見てとれた。

友達と写るものは、たいていがセンター。きっと、いつも輪の中心にいたのだろう。梓とは正反対だ。

高校生の頃になると、にっこり笑った顔は今とそれほど変わらない。

「イケメンだろ」

「はい。きっとモテましたよね」

「そりゃあもう大変だったよ。学校中の人気を独り占め」

「さすが一樹さんです」

やっぱりと思わずにはいられない。バレンタインデーには抱えきれないほどのチョコをもらっていたに違いない。

梓が素直に感心していると、一樹はクスッと鼻を鳴らした。

「なんてね。かなりオーバーに言ってみた」

「え？　そうなんですか？　一樹さんならそうだろうなぁと思いましたけど」

「そこまで言うほどじゃないよ。そこそこ」

きっとそれは謙遜だ。この顔でモテないわけはない。医師を目指すくらいだから勉強もできただろう。陸上部のようなウエアを着て、表彰台で一番高いところに立つ姿もある。

イケメンで勉強も運動もできるなんて最強だ。

こうして一樹の歴史を垣間見ると、自分はとんでもない人と結婚しようとしているのだと思い知る。

「一樹さんは、本当に私でいいんですか？」

そう聞きたくなるのも無理はないだろう。

「俺は梓がいいんだ。梓しかいらない」

はっきりと言いきられ、胸が熱くなる。

一樹は梓を引き寄せ、額に軽く口づけた。

「そうだ。今日は梓に持っていってもらいたいものがあるんだ」

一樹はおもむろに立ち上がり、デスクの脇に置いてあった紙袋を取って戻った。

そこにはＢＭのロゴ。見覚えのある紙袋だった。

「これはやっぱり梓に受け取ってもらいたい」

一樹が中からふたつの箱を取り出す。

それは以前、一樹が梓にプレゼントと言って渡そうとしたブライトムーンのパンプスだった。

梓はかたくなに受け取りを拒否し、一樹もそれを納得したのだが……。

「俺が持っていても仕方ないし、梓にぜひ履いてもらいたい」

あの時の梓は、一樹との関係が物で取り引きされるようなものだと考えたくなくて、プレゼントを拒否した。でも、一樹との結婚が見えてきた今なら、梓もそれを素直に受け取れる。

「ありがとうございます」

梓が手を出すと、一樹は満面の笑みを浮かべて喜んだ。

「それと、これも」

今度は小さな長い包みを梓に差し出す。

「……これは？」

「ネックレス」

「どうしてですか？」

そんなに次から次へとプレゼントされては、さすがに戸惑う。

「いや実はさ、梓にパンプスをプレゼントするって話を三島にしたら、恋人に靴は贈るものじゃないって言われて」

「そういえば、私もそんな話を聞いたことはあります」

たしか、その靴を履いて遠くに行ってしまうとかいうジンクスだった。

「だから、このネックレスでそれを帳消しにしようっていう作戦」

「縛りつけるんですね」

梓は思わず笑ってしまった。

ネックレスは独占の意味合いがあると聞いたことがある。

「そうだ。梓は俺のもの。俺以外のところには絶対に行かせないっていう固い決意だ」

一樹にプレゼントされたパンプスで、梓は絶対に遠くへ行ったりしない。でも、そんなことを気にする一樹が、なんだか微笑ましい。

梓がクスクス笑っていると、一樹は「なんだよ」と不満そうに顔をしかめた。

「ごめんなさい。なんか一樹さんがかわいいなって思って」

「俺がかわいい？　おいおい、勘弁してくれよ」

そう言って照れる一樹はさらにかわいいと言ったら、今度は怒るだろうか。

梓は楽しくなって、さらに顔を綻ばせた。

「一樹さんって、もしかしてプレゼント魔ですか？」

映画のときのパンプスに始まり、花束やネックレス。誕生日やクリスマスでもない限り、贈り物をされた経験がない梓にはもったいないくらいだ。

「言われてみれば、そうかもしれないな」

一樹は少し考えた後、うんうんとうなずく。

「弟夫婦にもおもちゃやベビーベッドとか、出産で思い浮かぶものを一式送ってあきれられたっけ。でも、喜んだ顔を見ると、こっちまでうれしくなるんだ」

「なんだか一樹さんらしいです」

梓がそう言うと、一樹は照れたように鼻の下をこすった。

豪快でおおらかで、サービス精神が豊富。そんな一樹のそばにこの先もいられるのかと思うと、梓の胸には幸せがいっぱいあふれた。

「ネックレス、つけてみなよ」

「あ、はい」

包みを開いてケースから顔を覗かせたのは、四枚の花びらをダイヤモンドであしらった美しいデザインのネックレスだった。

「……素敵」

「フィオーレと名づけられたネックレスらしい。イタリア語で〝永遠〟だそうだ」

「永遠」

一樹の言った言葉を繰り返す。

なんて素敵なネーミングなのだろうか。

一樹との時間を永遠に。そう願わずにはいられない。

「貸して」

梓が手渡すと、一樹はそれを首のうしろで留めた。

「ありがとうございます、一樹さん」

「よし。もうこれでどこへも行けないぞ」

「どこへも行きませんから」

梓が微笑みながら振り向くと同時に、唇が触れ合った。

「次のプレゼントは婚約指輪だな」

「これで十分です」

そんなにいくつもねだるわけにはいかない。

「いいや。それは絶対に外せない。心して受け取ってもらうぞ」

「一樹さんってば」

笑った梓を一樹は引き寄せた。

番外編 END

特別書き下ろし番外編

溺愛の果てに

一樹と梓が結婚式を挙げてから一年が経過。まもなく梅雨が訪れようとしている。

子供ができるまで仕事を続けたいと希望した梓は、現在もクレアストフォームのデザイン企画部でデザイナーたちのアシスタントとして奮闘中だ。

真面目で謙虚な姿勢は社内のみならず取引先からも信頼が厚く、一樹も夫としてても鼻が高い。その反面、日増しに美しさに磨きのかかっていく梓は、一樹の妻だと知らない男たちからの視線を集めがちで、やきもきさせられることも多かった。

とはいえ、やはり誇らしい気持ちのほうが勝るのだけれど。

一樹がひとりで暮らしていたマンションに新居を構えたふたりは、この一年、旅行に出たり映画を観たり、ふたりだけの時間を満喫している。

食事を終えてシャワーを浴びた一樹がリビングへ戻ると、梓はどことなく気難しい顔をしてソファに座っていた。

「梓、どうかしたのか？」

タオルで髪を拭きながら一樹も隣に腰を下ろし、梓の方をちらりと横目で見た。

「あ、いえ。……一樹さん、またドライヤーかけなかったんですか？」

「真冬じゃないんだし、自然乾燥で十分だ」

「ダメですよ。もうすぐ夏だからといって、風邪をひかないとは限りませんよ。一樹さんは社員をたくさん抱えた社長なんですから。体は大切にしないと」

梓は一樹が肩からかけていたタオルで、髪の毛を拭き始めた。

まるで子供扱いだなと思いながらも、梓にそうしてもらうと心地いいからやめられない。

（実は梓に拭いてもらいたくて濡れたまま出てきたなんて言ったら、どんな顔をするだろうな）

その表情を想像して、一樹は顔を綻ばせた。

「はい。もういいですよ」

梓は使い終えたタオルを丁寧にたたみ、それを手にしたまま「なにか冷たいものでも飲みますか？」とソファから立ち上がった。

その手を掴んだ一樹は、もう一度隣へ座らせ梓の顔を覗き込む。

「なにかあったのか？」

すると梓は言おうかどうか迷うように目を泳がせてから、意を決したように一樹を真っすぐ見た。

「一樹さんは、子供のことをどう考えていますか？」

「……子供？　俺たちのってこと？」

梓が「はい」とうなずき、一樹の目をじっと見つめる。

結婚して一年、梓に妊娠の兆候はない。

「梓との子供だったら、そりゃあ欲しいよ」

「そうですか」

一樹には梓の表情が読み取れない。いったいなにを聞きたいというのだろうか。

「梓は欲しくないか？」

もしも欲しくないのであれば、一樹は梓の気持ちを尊重したいと考えている。

子供ができれば、どうしたって負担が増えるのは女性である梓のほう。一樹自身も育児には積極的にかかわり、今以上に家事もやっていくつもりだけれど、出産するのは梓なのだ。

梓の気が進まないというのなら、一樹はその気持ちを大切にしたいと考えている。

ふたりだけの人生も、それはそれで絶対に楽しいだろう。梓とだから、なおさらそう思える。

ところが梓は首を大きく横に振って否定した。

「いえ。私も欲しいんです」

「なんだ。そうなのか。それでなにがそんなに悩ましいんだ？」

「……結婚して一年も経つのに、私たちのところには赤ちゃんが来てくれないので」

一樹はまだ一年と思っていたが、梓は〝もう〟一年と思っているようだ。

「あんまり俺たちの仲がいいから、神様がちょっと意地悪してるんじゃないか？　これ以上、幸せをふたり占めするなって」

なにしろ一樹は、これ以上ないほどに幸せを感じている。今すぐこの場で愛を叫べと言われれば、ためらうことなく梓への想いを大声で叫べるだろう。

「神様は、そんなにひねくれているんですか？」

真顔で大真面目に返されて、一樹も言葉を探して詰まる。

「うーん、そうだな。そんな神様もいるって話だ」

自分で言っておきながら、あまりにも適当すぎて一樹は苦笑いを浮かべた。

「それであの……一樹さんには黙っていたのですが……」

再び、なにやら言いづらそうに、梓は唇を噛みしめる。

「どうした。言ってごらん」

一樹が顔を覗き込み優しく問いかけると、梓はためらいながら話し始めた。

「実は、病院に通っているんです」

「病院って、婦人科か?」

「はい。先生に、まずは基礎体温をつけましょうって言われて、ここ三ヶ月ほどつけてきました」

なんと、三ヶ月も前からそんな悩みを抱えていたという。

そんなそぶりはいっさいなかったものだから、一樹はまったく気づきもしなかった。

「これを見てください」

そう言って梓が一樹に差し出したのは、折りたたまれた用紙に折れ線グラフが書かれたものだった。

「これは?」

「基礎体温表です」

(あぁ、なるほど。この点が梓の体温というわけか)

三十六度前半のゾーンと、三十七度弱のゾーンの二層になっているのがわかった。

「体温はとくに問題ないし、ちゃんと排卵もされているようなんです」

「異常なしってことか。……ちょっと待て。それじゃ、俺に原因があるんじゃないか?」

梓に原因がないとすれば、一樹になにかあるのではないか。

そう考えるのが妥当だろう。

「一樹さんに原因というか……」

梓の頬がなぜかみるみるうちに赤く染まり、リンゴのようになる。

「この欄を見てください」

梓は、人さし指で折れ線グラフの下にある欄をそっと指した。

「この○は?」

「……一樹さんと〝した〟日です」

「そんなものまでここに書くのか」

なんて赤裸々な表なのだろうか。

「先生から、少し控えられないかとお話しをされて」

「控えるって、なにを?」

わからずに聞き返すと、梓はさらに耳まで真っ赤に染まった。

その反応を見て、彼女がなにを言いたいのか一樹もすぐに気づく。

「あぁ、つまり梓とのセックスを控えろって?」

「はっきり言わないでくださいっ」

梓は困ったように眉間に皺を寄せた。

(そんなにしすぎているか?)

首をひねりながら表を確認してみると、生理中の期間以外は連日連夜といってもいい頻度で梓を抱いていることが判明した。

(……言われてみれば多い、か? いや、でも仕方ないだろう。梓を愛しくて仕方がないんだから)

「新婚なら普通そうじゃないのか?」

「ほかのご夫婦がどうされているのかはわかりませんけど、とにかく赤ちゃんが欲しいのなら、回数を減らしたほうがいいと先生が……」

梓は言いにくそうに、はにかみながら体をもじもじさせた。

それが仕事とはいえ医師からそんな話をされるなんて、梓にしてみれば相当恥ずかしいことだっただろう。夫婦生活の回数まで指摘されるとは思いもしなかっただろうから。

「悪かったな、梓。ひとりでそんな思いをさせて」

「いえいえ。一樹さんに相談もせずに私が勝手に行ったので」

恥ずかしいのを承知で、一樹にここまで訴えかけてきているのだ。梓も本気なのだろう。

「わかった。俺も協力するよ」

「本当ですか⁉」

梓は顔をパッと輝かせ、明るく聞き返す。

協力する、イコール梓を抱く回数を減らすということ。それなのに梓がうれしそうな表情になったことが、一樹には不満だった。

「今までの傾向から、五日後に排卵日があるので今夜からその日まで禁欲でいいでしょうか」

梓はニコニコ顔で小首をかしげた。

子供を授かる希望を持てたためだとわかっても、一樹はなんだか釈然とせず唇を引き結んだままだ。

(禁欲でいいでしょうかって。オイオイ、五日間もなのか?)

「……ダメですか?」

一樹が即答しないため、梓の瞳が不安そうにゆらゆらと揺れる。

「ダメじゃないよ」

「よかった。一樹さん、ありがとうござい――えっ、一樹さん？」

梓がみなまで言うより早く、ひょいと抱き上げる。

「でも、その医師も五日も我慢しろとは言わなかったはずだ」

「そうですけど、控えろと……」

「精子は毎日つくられるんだ。禁欲すれば一見数は増えるけど、古い精子から出る活性酸素で新しい精子の細胞がダメージを受ける。禁欲で増えるのは精液の量だけで、精子の質は低下する。妊娠を目標とするなら二日程度の禁欲で十分だし、それくらいが理想だ」

嘘ではない。つまり排卵日前後の三日間を狙って、二日程度の禁欲をすればいいのである。

実は一樹も子供のことを考えた時期があり、密かに調べていたのだ。とはいえ、その二日間程度の禁欲すらできなかったのだけど。

「だいたいの排卵日はわかっているんだろう？」

「……はい。次回は五日後くらいです」

「なら、心配するな。今夜は禁欲する必要はない」

「えっ……！」

梓を抱き上げた一樹は、そのままベッドルームへ直行。綺麗にベッドメイクされた上に梓をそっと下ろした。

「だいたい、こんなにかわいい妻を前にして、セックスを我慢しろなんて無理な話」

「でも、一樹さん」

「大丈夫だ。排卵日前後の二日間は我慢するのを約束する。そのかわり、それ以外は無理だ」

「えー！　……んっ……」

梓がなにかを言う前にその唇を奪うように塞ぐ。ルームウエアの中に手を忍ばせ、素肌に指を這わせると、梓はこらえきれないといったように背筋をしならせた。

それに気をよくした一樹は、知り尽くした梓の体をピンポイントで攻めていく。

脇の下が弱いことも、耳に弱点があるのも、知っているのは一樹だけだ。そして、今後も一樹だけの秘密。

「梓は、俺とこんなことをしたくない？」

耳もとに唇を寄せて、吐息交じりにささやきかけると、梓はこらえるようにして首を横に振った。

「したいっ　したくないっ　どっち」

一樹は意地悪だと知りつつ、梓に恥じらいながら〝したい〟と答えさせたかった。さっき、禁欲を喜んだことへの仕返しだ。

「……したい、です」

「よし、いい子だ」

一樹は満足そうに微笑み、梓にもう一度優しく口づける。

「それと、もうひとつ言いたいことがある」

「……なんでしょうか」

「子供はきっと、ひとりじゃ足りない」

狂おしいほどに梓を愛しいのだ。一樹は、いくつになっても抱き続けるだろう。

「野球チームですか？　サッカーチームにしますか？」

「それは迷うな」

一樹の返答に梓がくすりとやわらかく笑う。熱のこもった優しい笑みは、一樹の心をこれ以上ない幸せで満たしていく。

誰よりも、なによりも、この先もずっと梓だけを心から愛し抜いていく。

そんな想いを込めて、梓にキスを落とした。

約二ヶ月後、うれしい知らせが舞い込むのを、このときのふたりはまだ知らない。

特別書き下ろし番外編 END

あとがき

こんにちは。紅カオルです。このたびは、書籍九作目となる本作をお手に取っていただき、誠にありがとうございます。

前作『お見合い婚　俺様外科医に嫁ぐことになりました』をお読みくださった方はお気づきかもしれませんが、今作はそのスピンオフとなります。弟の修矢にお見合いを横取りされた兄の一樹がヒーローです。

一樹は修矢とは真逆のタイプ。これまで書いてきた中でも断トツの奔放ぶりで、勝手に動いてしまうキャラでした。それは最初のパーティーでの数々の振る舞いからすでに始まっていたのですが、特に愛情表現はストレートなうえパンチがあり、そのたびに梓を戸惑わせました。作者の私でもコントロールがきかなくなることがたびたびあり、それはそれで楽でもあり、非常におもしろかったです。

そのためなのか、新たなネタが初校進行中に舞い降りてきてしまい、当初は予定のなかった特別書き下ろし番外編を急きょ書かせていただくことになりました。とにかく書いていて楽しいふたりだったのです。そんなふうにできあがった本作、どうか皆様もお楽しみいただけるといいのですが……。

いつも申し上げていることですが、本作を書籍として無事に世に送り出せたのは、たくさんの方々のお力添えがあってこそです。いつも親身に相談に乗ってくださり、寄り添ってくださる編集の鶴嶋様、編集協力の佐々木様、前作に引き続き素敵なカバーイラストを描いてくださったえまる・じょん様（久城兄弟のセクシービームにノックアウトされました！）、そのほか、かかわってくださった皆様のおかげで、素敵な書籍が完成いたしました。本当にありがとうございます。

最後に、読んでくださった皆様、いつも感謝の気持ちでいっぱいです。読者の皆様の存在があるからこそ、私の執筆が成り立っています。この場をお借りして、心からお礼申し上げます。

また次の機会にこういった場でお目にかかれることを祈りつつ……。本当にありがとうございました。

紅（くれない）カオル

紅カオル先生への
ファンレターのあて先

〒104-0031
東京都中央区京橋1-3-1
八重洲口大栄ビル7F
スターツ出版株式会社　書籍編集部　気付

紅カオル先生

本書へのご意見をお聞かせください

お買い上げいただき、ありがとうございます。
今後の編集の参考にさせていただきますので、
アンケートにお答えいただければ幸いです。

下記URLまたはQRコードから
アンケートページへお入りください。
https://www.berrys-cafe.jp/static/etc/bb

ベリーズ文庫

この物語はフィクションであり、
実在の人物・団体等には一切関係ありません。
本書の無断複写・転載を禁じます。

恋の餌食　俺様社長に捕獲されました

2019年8月10日　初版第1刷発行

著　　者　紅カオル
©Kaoru　Kurenai 2019

発 行 人　松島 滋

デザイン　カバー　北國ヤヨイ
フォーマット　hive & co.,ltd.

校　　正　株式会社　文字工房燦光

編集協力　佐々木かづ

編　　集　鶴嶋里紗

発 行 所　スターツ出版株式会社
〒104-0031
東京都中央区京橋1-3-1　八重洲口大栄ビル7F
TEL　出版マーケティンググループ　03-6202-0386
（ご注文等に関するお問い合わせ）
URL　https://starts-pub.jp/

印 刷 所　大日本印刷株式会社

Printed in Japan

乱丁・落丁などの不良品はお取替えいたします。
上記出版マーケティンググループまでお問い合わせください。
定価はカバーに記載されています。

ISBN 978-4-8137-0730-1　C0193

ベリーズ文庫 2019年8月発売

『恋の餌食　俺様社長に捕獲されました』　紅カオル・著

空間デザイン会社で働くカタブツOL・梓は、お見合いから逃げまわっている社長の一樹と偶然鉢合わせる。「今すぐ、俺の婚約者になってくれ」と言って、有無を言わさず梓を巻き込み、フィアンセとして周囲に宣言。その場限りのウソかと思いきや、俺様な一樹は梓を片時も離さず、溺愛してきて…!?

ISBN 978-4-8137-0730-1／定価：本体640円＋税

『堅物社長にグイグイ迫られてます』　鈴ゆりこ・著

設計事務所で働く雛子は、同棲中の彼の浮気現場に遭遇。家を飛び出し途方に暮れていたところを事務所の所長・御子柴に拾われ同居することに。イケメンだが仕事には鬼のように厳しい彼が、家で見せる優しさに惹かれる雛子。ある日彼の父が経営する会社のパーティーに、恋人として参加するよう頼まれ…。

ISBN 978-4-8137-0731-8／定価：本体640円＋税

『身ごもり政略結婚』　佐倉伊織・著

閉店寸前の和菓子屋の娘・結衣は、お店のために大手製菓店の御曹司・須藤と政略結婚することに。結婚の条件はただ一つ"跡取りを産む"こと。そこに愛はないと思っていたのに、結衣の懐妊が判明すると、須藤の態度が豹変!?　過保護なまでに甘やかされ、お腹の赤ちゃんも、結衣も丸ごと愛されてしまい…。

ISBN 978-4-8137-0732-5／定価：本体640円＋税

『旦那様の独占欲に火をつけてしまいました』　田崎くるみ・著

婚活に連敗し落ち込んでいたOL・芽衣は、上司の門脇から「俺と結婚する?」とまさかの契約結婚を持ちかけられる。門脇は親に無理やりお見合いを勧められ、断り文句が必要だったのだ。やむなく同意した芽衣だが、始まったのはまさかの溺愛猛攻!?　あの手この手で迫られ、次第に本気で惹かれていき…!?

ISBN 978-4-8137-0733-2／定価：本体650円＋税

『偽装夫婦　御曹司のかりそめ妻への独占欲が止まらない』　高田ちさき・著

元カレの裏切りによって、仕事も家もなくした那夕子。ひょんなことから大手製薬会社のイケメン御曹司・尊に夫婦のふりをするよう頼まれ、いきなり新婚生活がスタート！「心から君が欲しい」――かりそめの夫婦のはずなのに、独占欲も露わに朝から晩まで溺愛され、那夕子は身も心も奪われていって――!?

ISBN 978-4-8137-0734-9／定価：本体630円＋税

タイトル、価格等は変更になることがございますのでご了承ください。

ベリーズ文庫 2019年8月発売

『次期国王は独占欲を我慢できない』 雪夏ミエル・著

田舎育ちの貴族の娘アリスは、皆が憧れる王宮女官に合格。城でピンチに陥るたびに、偶然出会った密偵の青年に助けられる。そしてある日、美麗な王子ラウルとして現れたのは…密偵の彼!?　しかも「君は俺の大切な人」とまさかの溺愛宣言！素顔を明かして愛を伝える彼に、アリスは戸惑うも抗えず…!?

ISBN 978-4-8137-0735-6／定価：本体650円＋税

『自称・悪役令嬢の華麗なる王宮物語ー仁義なき婚約破棄が目標ですー』 藍里まめ・著

内気な王女・セシリアは、適齢期になり父王から隣国の王太子との縁談を聞かされる。騎士団長に恋心を寄せているセシリアは、この結婚を破棄するためとある策略を練る。それは、立派な悪役令嬢になること！　人に迷惑をかけて、淑女失格の烙印をもらうため、あの手この手でとんでもない悪戯を試みるが…!?

ISBN 978-4-8137-0736-3／定価：本体620円＋税

『異世界で、なんちゃって王宮ナースになりました。王子がピンチで結婚式はお預けです!?』 涙鳴・著

異世界にトリップして、王宮ナースとして活躍する若菜は、王太子のシェイドと結婚する日を心待ちにしている。医療技術の進んでいないこの世界で、出産を目の当たりにした若菜は、助産婦を育成することに尽力。そんな折、シェイドが襲われて記憶を失くしてしまう。若菜は必死の看病をするけれど…。

ISBN 978-4-8137-0737-0／定価：本体640円＋税

『転生令嬢は小食王子のお食事係』 甘沢林檎・著

アイリーンは料理が得意な日本の女の子だった記憶を持つ王妃の侍女。料理が好きなアイリーンは、王妃宮の料理人と仲良くなりこっそりとお菓子を作ったりしてすごしていたが、ある日それが王妃にバレてしまう。クビを覚悟するも、お料理スキルを見込まれ、王太子の侍女に任命されてしまい!?

ISBN 978-4-8137-0718-9／定価：本体620円＋税

ベリーズ文庫 2019年9月発売予定

Now Printing

『打上花火』 夏雪なつめ・著

化粧品会社の販売企画で働く果穂は、課長とこっそり社内恋愛中。ところがある日、彼の浮気が発覚。ショックを受けた果穂は休職し、地元へ帰ることにするが、偶然元カレ・伊勢崎と再会する。超敏腕エリート弁護士になっていた彼は、大人の魅力と包容力で傷ついた果穂の心を甘やかに溶かしていき…。

ISBN 978-4-8137-0749-3／予価600円＋税

Now Printing

『不愛想な同期の密やかな恋情』 水守恵蓮・著

大手化粧品メーカーの企画部で働く美紅は、長いこと一緒に仕事をしている相棒的存在の同期・穂高のそっけない態度に自分は嫌われていると思っていた。ところがある日、ひょんなことから不愛想だった彼が豹変！　強引に唇を奪った挙句、「文句言わずに、俺に惚れられてろ」と溺愛宣言をしてきて…!?

ISBN 978-4-8137-0750-9／予価600円＋税

Now Printing

『p.s.好きです。』 宇佐木・著

筆まめな鈴音は、ある事情で一流企業の御曹司・忍と期間限定の契約結婚をすることに！　毎日の手作り弁当に手紙を添える鈴音の健気さに、忍が甘く豹変。「俺の妻なんだから、よそ見するな」と契約違反の独占欲が全開に！　偽りの関係だと戸惑うも、昼夜を問わず愛を注がれ、鈴音は彼色に染められていき…!?

ISBN 978-4-8137-0751-6／予価600円＋税

Now Printing

『【社内公認】疑似夫婦 ―私たち、（今のところはまだ）やましくありません！―』 兎山もなか・著

寝具メーカーに勤める奈都は、エリート同期・森場が率いる新婚向けベッドのプロジェクトメンバーに抜擢される。そこで、ひょんなことから寝心地を試すため、森場と2週間夫婦として一緒に暮らすことに!?　新婚さながらの熱い言葉のやり取りを含む同居生活に、奈都はドキドキを抑えられなくなっていき…。

ISBN 978-4-8137-0752-3／予価600円＋税

Now Printing

『恋も愛もないけれど』 吉澤紗矢・著

家族を助けるため、御曹司の神楽と結婚した令嬢の美琴。政略的なものと割り切り、初夜も朝帰り、夫婦の寝室にも入ってこない彼に愛を求めることはなかった。そればかりか、神楽は愛人を家に呼び込んで…!?　怒り心頭の美琴は家庭内別居を宣言し、離婚を決意する。それなのに神楽の冷たい態度が一変して？

ISBN 978-4-8137-0753-0／予価600円＋税

タイトル、価格等は変更になることがございますのでご了承ください。

ベリーズ文庫 2019年9月発売予定

『月夜見の王女と偽りの騎士』 和泉あや・著

Now Printing

予知能力を持つ、王室専属医の助手・メアリ。クールで容姿端麗な近衛騎士・ユリウスの思わせぶりな態度に、翻弄される日々。ある日、メアリが行方不明の王女と判明し、お付きの騎士に任命されたのは、なんとユリウスだった。それ以来増すユリウスの独占欲。とろけるキスでメアリの理性は陥落寸前で…!?

ISBN 978-4-8137-0754-7／予価600円＋税

『仕立屋王子と魔法のクローゼット』 栗栖ひよ子・著

Now Printing

恋も仕事もイマイチなアパレル店員の恵都はある日、異世界にトリップ！　長男アッシュに助けてもらったのが縁で、美形三兄弟経営の仕立屋で働くことに。豊かなファッション知識で客の心を掴み、仕事へ情熱を燃やす一方、アッシュの優しさに惹かれていく。そこへ「彼女を側室に」と望む王子が現れ…。

ISBN 978-4-8137-0755-4／予価600円＋税

『転生王女のまったりのんびり!?異世界レシピ2』 雨宮れん・著

Now Printing

料理人を目指す咲綾は、目覚めると金髪碧眼の美少女・ヴィオラ姫に転生していた！　ヴィオラの作る日本の料理は異世界の人々の心を掴み、帝国の皇太子・リヒャルトの妹分としてのんびり暮らすことに。そんなある日、日本によく似た"ミナホ国"との国交を回復することになり…!?　人気シリーズ待望の2巻！

ISBN 978-4-8137-0756-1／予価600円＋税

電子書籍限定

恋にはいろんな色がある。

マカロン文庫 大人気発売中！

通勤中やお休み前のちょっとした時間に楽しめる電子書籍レーベル『マカロン文庫』より、毎月続々と新刊発売中！　大好きな人に溺愛されるようなハッピーな恋から、なにげない日常に幸せを感じるほのぼのした恋、届かない想いに胸が苦しくなる切ない恋まで、そのときの気分にピッタリな恋が見つかるはず。

［話題の人気作品］

俺様社長にたっぷり愛を注がれて、身も心もとろけそう…

『俺様な社長に溺愛育成されてます～ラグジュアリー男子シリーズ～』
若菜モモ・著　定価：本体400円＋税

オフィスから始まる極上の焦れキュン・ラブストーリー！

『君しかいらない～クールな上司の独占欲（上）（下）』
西ナナヲ・著　定価：本体各400円＋税

イジワル同期の甘いギャップに陥落寸前！

『執愛心強めの同期にまるごと甘やかされてます』
きたみまゆ・著　定価：本体400円＋税

「お前だけが特別なんだ」底なしの溺愛に身も心も捕らわれて…。

『かりそめ婚!?～俺様御曹司の溺愛が止まりません』
伊月ジュイ・著　定価：本体400円＋税

各電子書店で販売中

電子書店パピレス　honto　amazonkindle
BookLive!　Rakuten kobo　どこでも読書

詳しくは、ベリーズカフェをチェック！
小説サイト Berry's Cafe
http://www.berrys-cafe.jp
マカロン文庫編集部のTwitterをフォローしよう
@Macaron_edit 毎月の新刊情報をつぶやきます♪